CW01636676

FANTASCIENZA

Collana diretta da
GIANFRANCO VIVIANI

17

Charles Stross

GIUNGLA DI CEMENTO

Premio Hugo 2005

DELOSBOOKS

ISBN 97-88-89096-61-1
Prima edizione: maggio 2007

Titolo originale:
The Concrete Jungle
Traduzione di Chiara Codecà, con la consulenza di Luigi Rosa per la parte informatica, e di Marica Rancati e Paolo Attivissimo

e-mail: Staff@delosbooks.it
www.delosbooks.it

CHARLES STROSS
e la nuova fantascienza inglese
di Salvatore Proietti

Negli ultimi anni, il nome di Charles Stross è stato praticamente onnipresente negli elenchi dei finalisti di tutti i maggiori premi della fantascienza: americani (Hugo, Nebula, Locus e altri), britannici (Clarke, BSFA) e perfino giapponesi.

Fra gli autori della nuova *science fiction* inglese, probabilmente, Stross è quello che ha avuto il maggior impatto anche negli Stati Uniti, e gran parte delle sue opere sono state pubblicate prima in America e poi in patria. L'esordio avviene nel 1987, sulle pagine della meritoria *Interzone*, ma la piena affermazione si ha nei primi anni del nuovo millennio, quando romanzi e racconti lo pongono al centro dell'attenzione.

Sulla fantascienza inglese, proviamo a fare un'ipotesi di lavoro. Come molte altre cose, anche la letteratura ha una sua evoluzione. E come avviene nell'evoluzione, a volte dei geni e dei tratti che sembrano recessivi diventano emergenti o anche dominanti.

All'inizio, diciamo fino alla Seconda Guerra Mondiale, la fantascienza inglese segue il modello dello *scientific romance* wellsiano, figlio dell'utopia classica più ancora che del romanzo moderno; da H.G. Wells a Olaf Stapledon, le narrazioni sono classicamente espositive, con un chiaro punto di vista il cui scopo è raccontare, a beneficio dei personaggi e del lettore, le stranezze del mondo fantastico: soprattutto il futuro diventa una panoramica, che nella *Macchina del tempo* di Wells si scontra con lo spettro della de-evoluzione, e che in *Last and First Men* e nel *Costruttore di stelle* di Stapledon si lancia in una sfrenata visionarietà che giunge al limite di una trascendenza, rigorosamente laica.[1]

Nel dopoguerra, la SF britannica sembra abbandonare quasi totalmente questa visionarietà; forse anche per distinguersi dai *pulp* americani e per riagganciarsi alla distopia "letteraria" di Orwell e Huxley, la parola d'ordine è il realismo. Pensiamo ai *disaster novels* di John Wyndham e John Christopher, o agli enigmi scientifici di Fred Hoyle. La fantascienza spaziale sembra essere stata superata, troppo infantile, troppo americana, e anche autori di qualità come Edmund White, Eric Frank Russell e Arthur C. Clarke (nei suoi momenti migliori, forse il miglior successore dei classici: pensiamo a *2001*) si rivolgono più al mercato USA che non a quello della madrepatria. Con tutte le sue immagini barocche e surreali, anche Ballard ci parla di esplorare lo *inner space*, lo spazio interno; intorno a lui, tutta la straordinaria fioritura degli anni 60: da Michael Moorcock a Keith Roberts, D.G. Compton e via dicendo, e pensiamo anche a una serie TV di culto come *Il prigioniero*. Gli scenari più sfrenati appaiono come un cedimento alla commercialità, e sono in pochi a esplorarli: da Bob Shaw (almeno nel ciclo di *Orbitsville*) e dall'ingiustamente semidimenticato Barrington J. Bayley fino ad autori ancora felicemente attivi come Ian Watson, Brian Stableford, M. John Harrison.

Ma appunto qualcosa, a un certo punto, cambia. E improvvisamente, a partire anni 80, la SF britannica diventa importante proprio perché tornano centrali degli elementi finora trascurati: l'enfasi sulla scienza e sulla tecnologia, gli scenari spaziali, anche l'avventura. Un filone prende energia dal *cyberpunk*: Wilhelmina Baird, Jon Courtenay Grimwood, Simon Ings, Ian McDonald, Kim Newman, Jeff Noon, Tricia Sullivan, che porta fino ai *noir* futuribili di Richard K, Morgan e Michael Marshall Smith. E ovviamente abbiamo l'interminabile ciclo della Cultura di Iain Banks: una *space opera* che rende definitivamente impossibile la distinzione fra raffinatezza e aspetto "ludico". Con Banks, i due altri giganti sono Ken MacLeod, più legato alla speculazione socio-politica ma altrettanto (e forse più) interessato in quella scientifica, e Gwyneth Jones, che parla di contatti alieni e distopie future con la consapevolezza di una lunga tradizione fantascientifica al femminile. E le opere di figure come Nicola Griffith, Shariann Lewitt, Alastair Reynolds o Justina Robson continuano a ricordarci che nella fantascienza migliore, le visioni più barocche non sono incompatibili con l'incisività della riflessione.

Le visioni scientifiche e tecnologiche sono quelle scatenate dalla rivoluzione informatica: dall'intelligenza artificiale alla nanotecnologia, dalla fisica quantistica alle cosmologie non euclidee. La "complessità" scientifica ha conseguenze anche sulla costruzione dei personaggi e delle narrazioni: qui, la linearità classica perde completamente di senso – e allora, il modello *pulp* della complicazione diventa nuovamente attuale.

In tutto questo panorama di autori, Charles Stross è forse quello che più di tutti sa conciliare speculazione concettuale e invenzione narrativa, "idea" e gioco verbale, *science* e *fiction* insomma. È così che funziona la fantascienza.

A partire dal primo dei romanzi, *Singularity Sky*

(2003), leggere Stross significa tuffarsi in un virtuosismo linguistico che immerge il lettore in mondi in cui tutto è diverso, dalla tecnologia all'organizzazione sociale alla sensibilità dei personaggi, in cui i personaggi possono essere umani, alieni, artificiali o immateriali; ovviamente, restano i loro dilemmi. Qui, la "singolarità" del titolo è quella teorizzata e raccontata dallo scienziato-narratore americano Vernor Vinge, in cui il progresso scientifico-tecnologico ha fatto un salto di qualità che ha modificato le stesse leggi fisiche, aprendo la porta di un mondo di possibilità infinite. Se la civiltà terrestre è andata in fumo, gli umani – sparsi forzosamente per l'universo – hanno ricostruito una presenza che li rende una delle potenze galattiche. D'altra parte, il punto centrale è la presenza di una semidivina intelligenza artificiale, l'*Eschaton*, che sotterraneamente complotta per controllare con mano ferrea le leggi della galassia, forse anche grazie al viaggio nel tempo. Il mondo in cui la tecnologia sembra aver cancellato la politica sembra invece, al contrario, un mondo in cui tutto, specialmente la tecnologia, è soggetto a un dominio imperscrutabile e onnipervasivo. E a partire dal gioioso momento del "Festival", in cui questo compiaciuto universo celebra i suoi trionfi, si scatena la crisi.

Il romanzo successivo, *Iron Sunrise* (2004), ambientato nello stesso scenario, si apre con una premessa di intensità senza pari, la distruzione di una civiltà, presentando la ragazzina sopravvissuta all'"Alba di ferro" che è forse portatrice, nei ricordi, della verità sul genocidio del suo mondo.

L'opera che più di tutte rivela Stross è il successivo *Accelerando* (2005), scritto secondo la struttura più classica della fantascienza, il ciclo di racconti: omaggio ad Asimov, una delle sezioni si chiama *Nightfall*, anche se con un finale decisamente più aperto; omaggio a Simak, uno dei protagonisti è un animale, anche se non un docile cane ma un ben più sfuggente gatto. Partendo dalla "solita" singolarità, i nove capitoli del romanzo si lanciano in una vertiginosa carrellata di entità future, dagli umani (o postumani) integrati e potenziati con protesi informatiche, alle intelligenze artificiali di dimensioni stellari e semidivine. Di nuovo, una umanità sparsa per lo spazio, fra misteri quantici, speculazioni (qui il doppio senso è indicato) economico-politiche e avventura spaziale. Ma soprattutto, questa *Fondazione* aggiornata per il lettore dell'era post-*cyberpunk*, colpisce come vertiginosa creazione linguistica, piena di esseri alieni (tutti in vario modo mescolanze di naturale e artificiale), allusioni alla scienza e ancor più alla fantascienza, neologismi e giochi di parole – ancora più indimenticabile per chi, come chi scrive, si è trovato a lavorare all'edizione italiana.[2] Con una visione del mondo scettica e ironica, e non a caso fra gli autori più citati c'è il Lewis Carroll di *Alice nel paese delle meraviglie* e delle poesie *nonsense*.

Basta verificare il sito di Stross per vedere che i progetti letterari in corso sono numerosi. Fra l'altro, a partire dal 2004, è iniziato un ciclo *fantasy* intitolato *The Merchant Princes*, di cui finora sono usciti tre volumi, con altri tre annunciati.[3]

E allora il cerchio dei generi fantastici si chiude con i tre romanzi brevi che invece strizzano l'occhio all'orrore lovecraftiano, il cui protagonista è Bob Howard (un nome a sua volta ampiamente allusivo, un omaggio al Robert E. Howard creatore di Conan e di tanti altri personaggi fantastici, mentre lo stesso Lovecraft compare in ***Accelerando***, in un beffardo cameo), agente di una curiosa agenzia spionistica impegnata nell'indagine di complotti che uniscono scienza e magia, informatica di altissimo livello e portali interdimensionali classicamente orrifici. I primi due, *The Atrocity Archive* e *The Concrete Jungle*, sono stati riuniti nel 2004 negli USA dal piccolo editore Golden Gryphon nel volume *The Atrocity Archives*, che ha anche appena pubblicato l'ultimo, *The Jennifer Morgue*.

Giungla di Cemento (The Concrete Jungle), qui presentato, ha vinto il premio Hugo nel 2005. In un'infinità di racconti nel racconto, si dipanano enigmi scientifici che risalgono al periodo della presenza imperiale britannica in India e a inquietanti esperimenti novecenteschi, e in cui in fondo il peggior nemico è l'idiozia burocratica. James Bond, Lovecraft e alta tecnologia convivono brillantemente grazie un'eccezionale capacità di umorismo e ironia che, in ogni sua prova narrativa, è la vera firma di Charles Stross.

NOTE

[1] Sui due autori si vedano rispettivamente Riccardo Valla, *H.G. Wells e la macchina del tempo*, in *Carmilla* (2004-06) www.carmillaonline.com; e il mio *Olaf Stapledon e i miti futuri della fantascienza*, in *Delos* 91 (2004) http://www.fantascienza.com/magazine/rubriche/6715/.

[2] L'ed. it. di *Accelerando* (tradotta da Salvatore Proietti e Flora Staglianò) è in uscita per l'editore Armenia, nella collana *Nuova Galassia*. Sul romanzo, si veda anche Michael Lohr, *Singolarità e accelerazione: Intervista con Charles Stross*, trad. in Robot 50 (prim. 2007).

[3] www.antipope.org/charlie/.

Il rantolo di un telefono che sembra mortalmente ferito è una cosa orribile da sentire alle quattro del mattino di un martedì. È ancora peggio se stai dormendo il sonno che segue l'equivalente di una brocca di margarita ghiacciata, bevuta nel seminterrato del Dog's Bollocks, con un contorno di nachos e una tequila sale e limone per dessert.

Mi riprendo e mi siedo, ritrovandomi col culo nudo sul pavimento di legno. Artiglio la cornetta con una mano e la mia testa con l'altra – mi capite, solo per evitare che esploda – e gemo piano.

– Chi è? – gracchio nel microfono.

– Bob, porta immediatamente il culo in ufficio, questa linea non è sicura. – Riconosco quella voce. Ho degli incubi su di essa. Dipende dal fatto che lavoro per il suo proprietario.

– Uhm... stavo dormendo, capo. – Deglutisco e guardo la sveglia. – Non puoi aspettare fino a domani mattina?

– No. Sto diramando un codice blu.

– Gesù! – Una banda di demoni sta ballando forsennatamente nel mio cranio con l'accompagnamento di rulli di tamburi. – Okay, capo, sarò pronto a uscire in dieci minuti. Posso mettere un taxi in conto all'ufficio?

– No, non c'è tempo di aspettare un taxi. Mando subito una macchina a prenderti. – Chiude la comunicazione, ed è *lì* che inizio a spaventarmi, perché persino Angleton, che occupa una tana nelle viscere della Sezione Analisi Arcane della Lavanderia, ma fa qualcosa di molto più spaventoso di quanto questo blando titolo faccia supporre, ci pensa due volte prima di autorizzare una macchina a recuperare un dipendente nel cuore della notte.

Riesco a mettermi addosso maglione e jeans, allacciarmi le scarpe e scendere appena prima che le luci blu e rosse dei lampeggianti illuminino il vetro sopra la porta d'ingresso.

Uscendo afferro la mia borsa per le emergenze, completa di un cambio e piena di roba che Andy ha suggerito tenessi pronta, "giusto per sicurezza". Chiudo la porta e mi giro appena in tempo per trovarmi davanti il poliziotto che mi sta aspettando.

– È lei Bob Howard?

– Sì, sono io – gli mostro i miei documenti.

– Se vuole salire, signore.

Che uomo fortunato: sto andando al lavoro con quattro ore di anticipo, accomodato nel sedile del passeggero di una macchina della polizia a lampeggianti spiegati e dotata di un autista che sta facendo del suo meglio per terrorizzarmi abbastanza da rendermi catatonico.

Fortunata anche Londra: le strade sono quasi vuote a quest'ora della notte, così saettiamo attorno a taxi dall'aria ferale e a sonnolenti camion dell'immondizia senza neanche rallentare. Un viaggio che normalmente richiederebbe un'ora e mezza, dura quindici minuti. (Ovviamente la cosa ha un prezzo. La gestione dei costi interni mette la Contabilità in costante stato di guerra con i servizi pubblici, e la polizia metropolitana, per il servizio taxi, si fa pagare prezzi tali che penseresti forniscano limousine dotate di angolo bar. Ma Angleton ha dichiarato un codice blu, quindi…)

Lo squallido magazzino, collocato in una stradina laterale e adiacente a una ex scuola elementare, non ha l'aria troppo promettente, ma la porta si apre ancora prima che io possa alzare una mano per bussare.

La sorridente faccia giallastra di Fred della Contabilità fa capolino dall'oscurità di fronte a me, e io balzo indietro prima di capire che va tutto bene. Fred è morto da più di un anno, ecco perché fa parte del turno di notte: questa cosa non degenererà in un patetico tentativo di farmi aggiustare il suo foglio elettronico.

– Fred, sono qui per vedere Angleton – dico molto chiaramente, poi sussurro una particolare password per impedirgli di mangiarmi. Fred si ritira nella sua nicchia, o bara, o in qualunque modo la vogliate chiamare, e io oltrepasso il confine della Lavanderia. È buio – per risparmiare lampadine, e al diavolo la salute e i regolamenti di sicurezza – ma qualche anima pia ha lasciato una vecchia scatola di cartone piena di torce sul banco all'ingresso. Mi chiudo la porta alle spalle, prendo una torcia e mi dirigo verso l'ufficio di Angleton.

Appena arrivo in cima alle scale vedo che la luce è accesa nel corridoio che chiamiamo Mahogany Row.

Se il capo sta dirigendo un'unità di crisi è lì che lo troverò, così devio in territorio esecutivo finché non vedo una porta con sopra una luce rossa. C'è un biglietto attaccato alla maniglia: BOB HOWARD

ACCESSO CONSENTITO, quindi “accedo consentito” ed entro.

Appena la porta si apre Angleton alza gli occhi dalla mappa spalancata sul tavolo. La stanza puzza di caffè vecchio, sigarette da poco prezzo e paura.

– Sei in ritardo – dice aspro.

– In ritardo – gli faccio eco, abbandonando la mia borsa sotto l’estintore, e appoggiandomi alla porta saluto Andy e Boris, già nella stanza. – Capo, dubito che il poliziotto stesse perdendo tempo. Se fossimo andati più in fretta ti metterebbero in conto la pulizia delle macchie marroni che avrei lasciato sull’imbottitura della macchina. – Sbadiglio. – Qual è il quadro?

– Milton Keynes – dice Andy.

– Stiamo mandando te a investigare – spiega Boris.

– Con priorità assoluta – conclude Angleton.

– *Milton Keynes?*

Deve essere qualcosa nella mia espressione; Andy si gira in fretta e mi versa una tazza di caffè della Lavanderia, mentre Boris finge che non siano affari suoi e Angleton ha l’aria di uno che ha morso qualcosa di spiacevole, com’era da aspettarsi.

– Abbiamo un problema – spiega Angleton. – Ci sono troppe mucche di cemento.

– Mucche di cemento? – prendo una sedia e mi ci lascio cadere sopra pesantemente, poi mi strofino gli occhi. – Non c’è nessuna possibilità che questo sia un sogno, vero? No? Merda.

Boris mi guarda in cagnesco. – Non è uno scherzo. – Gira gli occhi verso Angleton. – Capo?

– No, Bob, non è uno scherzo – conferma Angleton. I suoi lineamenti scheletrici sono ancora più tirati del solito, e ci sono cerchi scuri sotto i suoi occhi. Dall'aspetto sembra che sia stato in piedi tutta la notte. Angleton lancia un'occhiata a Andy. – Ha tenuto aggiornata la sua certificazione per l'uso delle armi?

– Faccio pratica tre volte la settimana – mi intrometto io, prima che Andy tiri fuori i dettagli più intimi della mia scheda personale. – Perché?

– Scendi immediatamente in armeria con Andy. E tu, Andy, autorizza per lui un kit di difesa singolo. Bob, non sparare a meno che non si tratti di te o di loro. – Angleton spinge verso di me una pila di fogli e una penna. – Firma quello in alto e ridammelo. Ora hai libero accesso al GAME ANDES REDSHIFT. Il resto del plico è parte di esso. Devi tenere questi fogli sempre con te finché non li riporterai qui, consegnandoli all'ufficio di Morag. Se saranno perduti o copiati dovrai risponderne ai revisori.

– Huh?

Ovviamente devo ancora avere l'aria confusa, perché Angleton abbozza un'espressione così terrificante che deve essere un sorriso, e aggiunge: – Chiudi la bocca, stai sbavando sul colletto. Ora segui Andy, fatti consegnare il tuo kit di emergenza e lascia che lui ti metta su un elicottero. E *leggi* quelle carte. Quando arrivi a Milton Keynes fai quello che ti viene naturale. Se non trovi nulla, torna qui a riferirmelo e decideremo cosa fare.

– Ma cosa devo cercare? – Butto giù metà del mio caffè in un sorso; sa di cenere, mozziconi di sigaretta e cibo in scatola dei tempi della ritirata di Napoleone da Mosca. – Dannazione, cosa vi aspettate che trovi?

– Non mi aspetto nulla. Ora vai.

– Andiamo – dice Andy aprendo la porta. – Puoi lasciare qui le carte, per il momento.

Lo seguo nel corridoio e nell'oscurità del vano scale alla fine, poi giù per quattro rampe per arrivare nel seminterrato. – Ma che cazzo *è* tutto questo? – domando, mentre Andy fa comparire una chiave e apre il portone rinforzato da barre d'acciaio all'ingresso del tunnel di sicurezza.

– È il settore GAME ANDES REDSHIFT, ragazzo – dice da sopra la sua spalla. Lo seguo nella zona di sicurezza e il portone si chiude con un tonfo dietro di me. Un'altra chiave, un'altra porta – questa volta d'acciaio – da cui si accede al vestibolo esterno dell'armeria. – Ascolta, non essere troppo duro con Angleton, sa cosa sta facendo. Se arrivi sul posto con dei preconcetti in merito a ciò che potresti trovare e viene fuori che si tratta del GAME ANDES REDSHIFT, rischi di farti ammazzare. Ma ritengo che ci sia una probabilità del dieci per cento che si stia facendo sul serio. È più facile che si tratti dello scherzo di uno studente mezzo ubriaco.

Apre la porta interna dell'armeria usando un'altra chiave e una parola segreta che le mie orecchie si rifiutano di ascoltare, e io lo seguo all'interno.

Una parete è coperta da un reticolo di pistole e fucili, un'altra da contenitori di munizioni, e la parete di fronte è rastrellata di oggetti più esotici. È lì che Andy si dirige.

– Uno scherzo – ripeto io e, contro ogni buonsenso, sbadiglio. – Gesù, mi avete tirato giù dal letto alle quattro e mezza del mattino per un giochetto da studenti?

Andy si ferma, irritato, e mi lancia uno sguardo torvo. – Senti, ricordi come sei salito a bordo tu?

All'epoca fui *io* a essere tirato giù dal letto alle quattro del mattino per un giochetto da studenti.

– Oh… – è tutto ciò che riesco a dirgli. *Scusa*, mi balena in mente, ma probabilmente è inadeguato.

Come mi fecero notare dopo, demonologia computazionale applicata e aree urbane non si mischiano molto bene. *Io* pensavo di stare solo generando nuovi frattali piuttosto strani, *loro* sapevano che ero pericolosamente vicino ad arredare Wolverhampton di incubi alieni.

– Che tipo di studenti? – chiedo.

– Architettura o alchimia. Praticamente, come usare la fisica nucleare per barare a poker. – Un'altra parola di comando e Andy apre la vetrinetta a scorrimento di fronte ad alcune raccapriccianti reliquie che stanno letteralmente pulsando di potere. – Avanti. Cosa preferisci tra questi?

– Prendo questo, grazie. – Allungo una mano e sollevo cautamente un medaglione d'argento appeso a una catena. C'è un avviso di pericolo su un'etichetta attaccata alla catena – un trifoglio taumaturgico giallo e nero – e dei nastri con scritto NON TIRARE appesi alla chiusura.

– Buona scelta. – Andy mi osserva in silenzio mentre aggiungo alla mia collezione una Mano di Gloria e un secondo amuleto protettivo.

– Tutto qui?

– Tutto qui – rispondo. Lui annuisce, chiude l'armadio, e rinnova il sigillo su di esso.

– Sicuro? – chiede.

Lo guardo. Andy è una figura esile di circa quarant'anni: sottile, capelli disordinati, giacca sportiva di tweed con le toppe ai gomiti e un'espressione sempre preoccupata in faccia.

A guardarlo lo diresti un insegnante universitario, non una spia di livello manageriale nella divisione in servizio attivo della Lavanderia. Ma questo vale per tutti loro, vero? Angleton sembra un impiegato tubercolotico di una compagnia petrolifera texana, piuttosto che il leggendario e terrificante capo dell'Unità Anti Possessione. E io sembro un hacker a una convention di smanettoni, o il tecnico di una neonata società di servizi internet.

Il che dimostra solo che le apparenze valgono giusto il prezzo di un caffè.

– A te, questo codice blu cosa sembra? – gli chiedo. Andy sospira stancamente, poi sbadiglia.

– Dannazione, è contagioso – mormora. – Ascolta, se ti dico cosa ne penso Angleton userà la mia testa come pomello della porta. Dico solo che dovresti leggere quei file durante il trasferimento, okay? Tieni gli occhi aperti, conta le mucche di cemento, e torna qui sano e salvo.

– Conto le mucche di cemento e torno sano e salvo. Capito. – Firmo la nota, raccolgo il mio arsenale e lui apre la porta dell'armeria. – Come ci arrivo là?

Andy accenna un sorriso storto. – Con un elicottero della polizia. Questo è un codice blu, ricordi?

Salgo in sala riunioni a prendere le mie carte e poi esco all'esterno. Davanti all'ingresso mi attende la stessa macchina della polizia che mi aveva portato lì. Un altro viaggio da sporcarsi i pantaloni – stavolta il traffico è un po' più intenso, manca solo un'ora e mezza all'alba – e finiamo nei sobborghi di nord-est, seguendo la strada per Lippitts Hill, dove la polizia tiene i suoi elicotteri.

Non perdiamo tempo con check-in o sale d'attesa ma giriamo attorno a un cancello all'estremità laterale del complesso, mostrando i nostri documenti al controllo. Dopodiché il mio *chauffeur* mi porta direttamente all'eliporto, parcheggia vicino alla sala tattica e mi consegna nelle mani del personale di volo prima ancora che io abbia il tempo di capire cosa stia succedendo.

– Lei è Bob Howard? – chiede il copilota. – Salti su. – Mi fa salire sul sedile posteriore di un elicottero Twin Squirrel, aiutandomi a chiudere la cintura di sicurezza, poi mi passa un ingombrante paio di cuffie e le collega. – Saremo là in mezz'ora – dice, – si rilassi, provi a dormire. – Sorride sardonico e chiude lo sportello, salendo davanti a me.

Buffo. Non ero mai stato in elicottero prima. Non è rumoroso quanto mi aspettavo, soprattutto indossando le cuffie. Ma questo non vuol dire molto, considerando che mi aspettavo qualcosa di simile all'essere dentro un barile di petrolio che rotola giù da una collina mentre dei pazzi maniaci colpiscono i lati con mazze da baseball. *Provi a dormire*, certo!

Decido invece di immergere il naso nei tanto segreti rapporti sul GAME ANDES REDSHIFT e cerco di non vomitare, mentre il paesaggio di Londra prima dell'alba si avvita a spirale e poi si srotola sotto di noi.

RAPPORTO n. 1: domenica 4 settembre 1892

CLASSIFICATO SEGRETISSIMO, Ministero Imperiale della Guerra, 11 settembre 1914 RICLASSIFICATO TOP SECRET GAME ANDES, Ministero della Guerra, 2 luglio 1940 RICLASSIFICATO TOP SECRET REDSHIFT, Ministero della Difesa, 13 agosto 1988

Mia carissima Nellie,

devo confessare che nella settimana trascorsa dall'ultima volta che ti ho scritto sono diventato un uomo diverso. Esperienze come la prova attraverso cui sono appena passato devono sicuramente capitare una volta sola nella vita, perché se accadessero più spesso, quale uomo potrebbe superarle?

Ho alzato lo sguardo su una gorgone e sono sopravvissuto per raccontarlo.

Ne sono profondamente grato (e mi affretto a spiegarmi prima che tu possa preoccuparti per la mia sicurezza), ma solo la mano guida di qualche angelo può giustificare il fatto che io sia qui, in grado di mettere queste parole su carta.

Martedì sera mi trovavo a cena con il Mehtar – il signor Robertson si era già ritirato, e il tenente Bruce si trovava a Gilgut per procurare delle provviste per la sua spedizione segreta a Lhasa – quando, durante il pasto, fummo interrotti in modo rude.

– Santità! – Un messo, senza fiato dalla paura, si gettò in ginocchio davanti a noi. – Vostro fratello… Per favore affrettatevi, vi imploro!

Sua eccellenza Nizam ul-Mulk mi guardò con

quella sua tipica espressione maligna: ha poco affetto per il suo grosso e brutale fratello, e ne ha ben ragione, perché se il Mehtar è un uomo di sensibilità raffinate, anche se discutibili, suo fratello è un incivile e rozzo montanaro, a un passo dal banditismo. Chittral può stare benissimo senza di lui.

– Cos'è successo al mio amato fratello? – chiese ul-Mulk.

A questo punto il messo scivolò in un farfuglio che capivo a malapena. Il Mehtar lo aiutò pazientemente a spiegarsi, poi si accigliò. Girandosi verso di me, disse: – Abbiamo un… non ne conosco il nome inglese, chiedo scusa. È un mostro delle caverne che fa preda della mia gente. Mio fratello è andato a cacciarlo, ma sembra che l'altro abbia avuto la meglio su di lui.

– Si tratta forse di un leone delle montagne? – chiesi, fraintendendo.

– No. – Mi guardò in modo strano. – Posso domandarvi, capitano, se il governo di Sua Maestà tollera mostri all'interno dell'Impero?

– Certamente no! – risposi.

– Allora non obbietterete se vi invito a unirvi a me nella caccia?

Sentivo che stavo cadendo in una trappola, ma non avrei proprio saputo dire di che trappola potesse trattarsi.

– Certamente – risposi. – Per Giove, appenderemo la testa di questo mostro nella vostra sala dei trofei prima che la settimana sia conclusa!

– Non credo – fece Nizam freddamente. – Qui certe cose le bruciamo, per allontanare lo spirito demoniaco che le ha create. Portate il vostro specchio domani, volete?

– Il mio… – Fu allora che capii di cosa stesse parlando, e in quale mortale pericolo mi fossi cacciato per l'onore del governo di Sua Maestà in Chittral: stava parlando di una gorgone. E anche se confessarlo mi fa sentire un codardo, avevo paura.

Il giorno dopo mi alzai all'alba e mi preparai per la caccia. Dopo essermi armato dissi al sergente Singh di preparare un drappello di cavalleria per la caccia.

– Qual è la preda, sahib? – chiese lui.

– Una creatura che nessun uomo può guardare – risposi, osservando il soldato, di solito imperturbabile, indietreggiare.

– Agli uomini questo non piacerà, signore – osservò.

– Gli piacerà ancora meno se sentirò una sola parola da loro – risposi. Devi essere di polso fermo con le truppe coloniali; hanno tanta spina dorsale quanta ne ha il loro ufficiale comandante.

– Glielo dirò, sahib – disse lui e, salutando, andò a organizzare il drappello.

Nel frattempo, gli uomini del Methar si erano radunati all'esterno. Un mucchio di rozzi montanari armati, com'era immaginabile, con fucili a pietra focaia e archi. Erano vivaci, eccitati e schiamazzanti come bambini, per niente paragonabili al composto ordine mio e delle mie truppe: gli avremmo mostrato noi come bisognava fare!

Insieme, con il Mehtar alla nostra testa e il gheppio appoggiato al suo polso, partimmo a cavallo nella luminosa luce dell'alba e lungo la vallata scoscesa.

Cavalcammo per tutta la mattina e buona parte del pomeriggio, arrampicandoci lungo i fianchi di un ripido passo e tra due torreggianti picchi coperti da neve scintillante. La compagnia era d'umore insolitamente quieto, un senso di apprensione e fermezza era calato sui – di solito esuberanti – guerrieri chittrali.

Infine arrivammo a un fatiscente villaggio di capanne in rovina, dove una manciata di capre ossute brucavano arbusti insignificanti. Il capo del villaggio venne ad accoglierci, indicandoci la nostra meta con voce incerta.

– Racconta strane storie – osservò il mio interprete, aggiungendo: – Il vecchio sciocco dice che si tratta dello spirito della valle, per Dio! Asserisce che suo figlio è andato là due, tre giorni fa, e non è più tornato.

Intanto, il fratello del Mehtar, sia benedetto, è arrivato con i suoi soldati.

«E questo è accaduto due giorni fa.

– Ah, be' – risposi, – digli che la grande imperatrice bianca mi ha mandato qui con le ottime truppe che può vedere, oltre allo stesso Mehtar e ai suoi nobili, e noi non faremo da pasto a nessun mostro!

L'interprete farfugliò per un po' con il capo, che assunse un'aria afflitta. Allora Nizam ul-Mulk mi fece cenno di avvicinarmi.

– Piano, vecchio mio – mi disse.

– Come volete, Vostra Eccellenza.

Avanzò a cavallo, chiamandomi al suo fianco, e io sentii il bisogno di spiegarmi meglio.

– Non credo che una gorgone basti per farci fuori. Io credo, invece, che saremo noi a far fuori lei.

– Non è questo che mi preoccupa – disse il sovrano del piccolo regno di montagna. – Ma non essere duro con il capo. Il mostro era sua moglie.

Percorremmo il resto della strada in un silenzio pensoso fino a raggiungere la valle dove il mostro si era costruito il suo rifugio. Gli unici suoni che si percepivano erano il sospiro del vento, il rumore sordo degli animali e il tintinnio dei nostri equipaggiamenti.

– C'è una cava a metà del crinale – disse il messaggero che ci aveva guidati. – Lei vive qui, uscendo a volte per bere e procurarsi il cibo. Gli abitanti del villaggio all'inizio le lasciavano del cibo, ma nella sua follia ha ucciso uno di loro, e da allora hanno smesso.

Tanta negligenza è sconosciuta in Inghilterra, dove le povere vittime di questo spaventevole disturbo sono confinate in labirintici manicomi fin dalla diagnosi, bendate in modo che non possano uccidere chi si prende cura di loro. Ma cos'altro ci si può aspettare dai mezzo civilizzati figli di questi regni di montagna, qui in cima al mondo?

Ci fermammo all'ingresso del piccolo canyon in cui la donna aveva eretto il suo nascondiglio, e io diedi istruzioni al sergente Singh di preparare una squadra di fucilieri. Caricarono i fucili e presero posizione sulle rocce, pronti ad attaccare la creatura nel caso in cui si fosse gettata su di noi.

Avendo così preparato la nostra posizione smontai da cavallo e, unendomi al Mehtar, mi apprestai a entrare nella valle della morte.

Sono sicuro che avrai sentito racconti spaventosi sulle raccapriccianti condizioni in cui vengono trovate le gorgoni: case cosparse di ossari, con corpi calcinati, pareti con ossa protese in gesti di agonia, mentre il folle o la folle che li ha massacrati borbotta parole confuse e si lamenta in mezzo alle proprie vittime.

Adesso credo di poter affermare che questi racconti sono completamente inventati, frutto della fervida immaginazione di scribacchini degenerati che scrivono romanzi del mistero da pochi pence.

Ciò che trovammo fu molto meno, e molto peggio di questo.

Trovammo una valle cosparsa di detriti. Da un lato c'era una caverna, poco più di una fenditura nella roccia, al cui ingresso era tesa una tenda cadente. Sotto quel telo sedeva una donna anziana che, a occhi chiusi, mormorava una strana litania. Di fronte a lei erano i resti di un falò, i ceppi ridotti ormai a cenere bianca. Sembrava che la donna stesse piangendo; aveva le guance rugose e appassite segnate dalle lacrime.

Il Mehtar mi fece cenno di tacere e poi, in quello che solo in seguito ho capito essere stato un atto di estremo coraggio, si avvicinò al fuoco.

– Ti auguro buona sera, e ti sarei grato se tenessi gli occhi chiusi, oppure obbligherai i miei uomini a ucciderti all'istante – le disse.

La donna continuò il suo lugubre lamento, quasi il gemito di chi avesse pianto al punto di scorticarsi la gola e non sapesse più produrre suono. Ma i suoi occhi rimasero obbedientemente chiusi. Il Mehtar si accovacciò davanti a lei.

– Sai chi sono? – chiese con gentilezza.

La cantilena si fermò. – Sei di sangue reale – disse, con una voce simile a un sussurro spezzato. – Sapevo che saresti venuto.

– E così ho fatto – rispose lui con compassione.

Con una mano mi fece cenno di avvicinarmi. – Ciò che sei diventata è molto triste, zia.

– Fa *male* – gemette lei, sorprendendo i soldati tanto che uno di loro scattò in piedi. Gli feci un cenno imperioso di restare giù e mi misi alle spalle di lei, che continuò: – Volevo vedere mio figlio ancora una volta…

– Va tutto bene, zia – disse il Methar, quieto. – Lo vedrai presto. – Mi tese la mano. Gli passai la borsa di pelle e lui ne estrasse lo specchio. – Sii in pace. La fine del dolore è in vista. – Resse lo specchio a braccia tese, sollevandolo sopra il fuoco di fronte a lei. – Quando sei pronta, apri gli occhi.

Lei singhiozzò una volta, poi aprì gli occhi.

Non avrei saputo che aspettarmi, cara Nellie, ma sicuramente non questo: era l'anziana madre di qualcuno, trascinatasi lontano dalla propria casa per morire di un dolore lancinante alla testa, circondata da miseria e solitudine.

Per come fu, il suo sovrano le risparmiò l'ultimo strazio, perché non appena guardò nello specchio lei *cambiò*. La storia per cui la gorgone uccide chi la guarda con la propria bruttezza è falsa. Era semplicemente una vecchia. Il demone era qualcosa nel suo sguardo, qualcosa che aveva a che fare con l'atto di guardare.

Appena aprì gli occhi – di un blu brillante, per un momento – cambiò. La sua pelle si gonfiò, e i suoi capelli si fecero polvere, come se sottoposti a un calore terribile. La mia pelle formicolò. Fu come se avessi esposto il viso al calore di una fornace aperta.

Riesci a immaginare come sarebbe portare in un istante un corpo alla temperatura di una fornace ardente? Perché è stato così.

Non ti descriverò i dettagli di questo orrore, non è materia adatta a essere scritta.

Quando l'ondata di calore si ritirò, il suo corpo rotolò in avanti sopra il fuoco e poi cadde a pezzi, tra gli altri resti calcinati sulla brace.

L'esecuzione, in mancanza di una definizione migliore, era avvenuta come ci si poteva aspettare, ovvero fu straziante.

A quel punto il Mehtar si alzò e si asciugò la fronte. – Raduna i tuoi uomini, Francis – mi disse, – devono costruire un tumulo qui.

– Un tumulo? – ripetei, intontito.

– Per mio fratello. – Fece un gesto di impazienza verso il fuoco su cui la povera donna era caduta. – Di chi altri pensi che fossero quei resti?

Una volta eretto il tumulo scendemmo al villaggio dove ci accampammo per la notte.

Devo confessare che sia io che il Mehtar siamo stati terribilmente male da allora; ci siamo ammalati con una velocità anormale, subito dopo quell'incontro. I nostri uomini ci hanno riportati a casa, ed è qui che mi trovo ora, mentre dal mio letto scrivo il racconto di uno dei più orribili avvenimenti che abbia mai osservato.

Resto il tuo affezionato
Capitano Francis Younghusband

Mentre termino di leggere il dattiloscritto del capitano Younghusband, le mie cuffie iniziano a ronzare e crepitare fastidiosamente: – Arriveremo a Milton Keynes in un paio di minuti, signor Howard. Ha qualche idea di dove vuole essere lasciato?

Perché se non ha un posto specifico in mente, possiamo chiedere uno slot all'eliporto della polizia.

Un posto specifico...? Ripongo l'inspiegabile plico top-secret in una delle tasche laterali della mia borsa e frugo per estrarne uno dei gadget presi in armeria.

– Le mucche di cemento – dico – devo darci un'occhiata il prima possibile. Secondo questa mappa sono a Bancroft Park. Giù per Monk Way, seguite la A22 finché non si unisce alla H3, vicino al centro commerciale. È possibile volarci sopra?

– Aspetti un momento.

L'elicottero vira in modo allarmante e il paesaggio si inclina attorno a noi. Stiamo saettando sopra un paesaggio buio, composto da alberi, campi ordinati, e dall'occasionale gruppo di casette da paradiso periferico che scorre veloce sotto di noi. Subito dopo sorvoliamo una strada a doppia carreggiata, quasi vuota a quest'ora di notte. Viriamo ancora e la seguiamo. Da circa trecento metri di altezza sembra un giocattolo incredibilmente dettagliato, completo di striscianti camion grossi come un dito.

– Perfetto, ci siamo – dice il co-pilota. – Possiamo fare altro per lei?

– Sì – rispondo. – Avete un equipaggiamento a infrarossi, vero? Sto cercando una mucca calda. Non calda come se fosse viva, calda come se fosse cotta.

– Capito, stiamo cercando un barbecue. – Si sporge da un lato e giocherella con i controlli sotto un monitor dall'aria buffa. – Ecco qui. Ha mai usato uno di questi, prima?

– Cos'è, una termocamera a infrarossi?

– Sì, le spiego al volo come si usa. Il joystick serve per direzionarla orizzontalmente, questo pomello è lo zoom, usi questo per controllare la qualità dell'immagine, è su una piattaforma stabilizzante. Mi faccia un urlo se vede qualcosa. Tutto chiaro?

– Credo di sì.

Il joystick funziona come mi ha spiegato e io inquadro una traccia di spettrali punti caldi, facendo una panoramica dietro di loro in modo da focalizzare il riverbero brillante di un solitario corridore che sta facendo jogging prima dell'alba, luminoso come una lampadina. I puntini sono le sue impronte che stanno svanendo sul terreno freddo.

Stiamo seguendo la strada a circa quaranta miglia l'ora, furtivi come ladri nella notte. Allargo l'immagine in modo da inquadrare il più possibile del paesaggio circostante. Dopo circa un minuto vedo davanti a me il parco, e sulla strada che lo costeggia si scorge una rotonda.

– Lì, di fronte a lei. Riesce a sorvolare quella rotonda?

– Certo. Aspetti.

Il suono del motore cambia e il mio stomaco si contorce, ma la videocamera a infrarossi resta ferma sul suo bersaglio. Adesso riesco a vedere le mucche, forme grigie contro il suolo freddo. Una mandria di animali di cemento creata nel 1978 da un artista di passaggio. Ce ne dovrebbero essere otto, mucche di razza Friesian in dimensioni reali, pacificamente impegnate a pascolare in un campo accanto al parco. Ma c'è qualcosa di sbagliato, e non è difficile capire cosa.

– Barbecue a ore sei – dice il copilota. – Vuole scendere e portarci un take-away, o cosa?

– No, rimanete su – rispondo, teso, facendo girare la termocamera. – Prima voglio essere certo che sia sicuro…

RAPPORTO n. 2: mercoledì 4 marzo 1914

CLASSIFICATO SEGRETISSIMO, Ministero Imperiale della Guerra, 11 settembre 1914
RI-CLASSIFICATO TOP SECRET GAME ANDES, Ministero della Guerra, 2 luglio 1940
RI-CLASSIFICATO TOP SECRET REDSHIFT, Ministero della Difesa, 13 agosto 1988

Caro Albert,

oggi abbiamo portato avanti l'esperimento a doppia fessura di Young sul Soggetto C, la nostra medusa. I risultati sono inequivocabili: l'effetto Medusa è dato sia da particelle che da onde. Se de Broglie ha ragione…

Ma sto correndo troppo.

Ernest sta spingendo per avere dei risultati con la forza e il vigore che gli sono propri, e Mathiesson, il nostro chimico analitico, è arrivato all'esasperazione per le sue domande. È quasi venuto alle mani con il dottor Jamieson, il quale insisteva nel dire che il benessere del suo paziente – così definisce il Soggetto C – viene prima della verità su questa strana e infuriante anomalia.

Il Soggetto C è una donna nubile di 27 anni, di altezza media, con capelli castani e occhi blu. Fino a quattro mesi fa era in salute e lavorava come domestica nella casa di un eminente suddito dell'Impero di cui probabilmente riconosceresti il nome. Poi, quattro mesi fa, ha avuto una serie di attacchi. I suoi padroni l'hanno generosamente portata all'ospedale per i poveri, dove lei ha detto di aver avuto una serie di accecanti mal di testa durante i precedenti diciotto mesi.

Il dottor Willard l'ha esaminata con una delle ultime macchine di Roentgen e ha determinato che la donna sembrava mostrare i segni di un tumore cerebrale. Ovviamente questo l'ha posta sotto Notifica, soggetta all'Atto di Controllo dei Mostri (1864). È stata portata qui a Londra, nell'ala di isolamento dell'ospedale St. Bartholomew; qui, tre settimane, sei emicranie e due attacchi più tardi ha sperimentato la sua prima crisi di *Grand Morte*. Dopo aver ricevuto conferma che soffriva di gorgonismo acuto il dottor Rutherford mi ha chiesto di procedere come concordato, così ho fatto in modo che l'Ufficio Centrale fosse contattato dal Diacono dell'istituto.

All'inizio il signor McKenna era poco entusiasta all'idea di una gorgone in giro per le strade di Manchester, ma alla fine le nostre rassicurazioni si sono dimostrate soddisfacenti, e lui ha dato ordine che il Soggetto C fosse posto, in piena coscienza e consapevolezza, sotto nostra custodia.

Comprensibilmente la donna era in uno stato di totale angoscia quando è arrivata, ma una volta che la situazione le è stata spiegata ha accettato di collaborare pienamente, e in cambio noi studieremo un accomodamento per i suoi cari.

È giovane e in salute, quindi nelle sue attuali condizioni potrebbe sopravvivere per molti mesi, o persino un anno, cosa che ci offre una possibilità di ricerca impareggiabile.

Al momento la stiamo tenendo nel vecchio lebbrosario, di cui abbiamo murato le finestre. È stato sistemato un labirinto di sicurezza e le mura del giardino sono state rialzate di un metro e mezzo, in modo che lei possa prendere aria senza mettere in pericolo i passanti. Abbiamo inoltre disposto una serie di segnali, in modo che il Soggetto possa indossare dei paraocchi prima di ricevere visitatori. La sperimentazione sui pazienti affetti da gorgonismo acuto comporta sempre un elemento di rischio, ma in questo caso specifico credo che le nostre precauzioni saranno sufficienti fino all'insorgere della degenerazione finale.

Prima che tu chieda perché non usiamo un comune basilisco o una cocatrice, mi affretto a spiegarti che in effetti lo facciamo: la patologia è identica in qualunque specie, ma una fonte umana è molto più adatta a essere controllata di qualunque animale selvaggio.

Usando il Soggetto C possiamo compiere esperimenti ripetibili a volontà, ottenendo conferme vocali dell'esecuzione delle nostre richieste.

So di non aver bisogno di ricordarti che l'uso del gorgonismo nella storia, per esempio, da parte della Commissione per la Pubblica Sicurezza di Danton, durante la rivoluzione francese, non è mai stato condotto come uno studio scientifico del fenomeno. Questa volta faremo progressi!

Quando il Soggetto C ha cominciato a essere a proprio agio, il dottor Rutherford ha organizzato una serie di seminari. Il neozelandese è dell'opinione che probabilmente l'effetto sia mediato da qualche fenomeno elettromagnetico di un tipo ignoto ad altre aree della scienza. Di conseguenza, sta sollecitando nuove soluzioni per esperimenti atti a dimostrare la portata e la natura dell'effetto gorgone.

Grazie alla storia della macabra collaborazione tra Mademoiselle Marianne e Robespierre sappiamo che la vittima deve essere visibile dalla gorgone, ma che non deve necessariamente essere percepita direttamente. Funziona anche l'immagine riflessa, così come la banale rifrazione, e l'effetto è trasmesso anche da vetro abbastanza sottile da poterci vedere attraverso, mentre non funziona nell'oscurità e nel fumo fitto.

Nessuno ha dimostrato un meccanismo fisico per il gorgonismo che non comporti una sfortunata creatura afflitta dai caratteristici tumori. Accecare una gorgone sembra controllare l'effetto, e così anche una sufficiente deformazione visuale. Quindi perché Ernest insiste nel trattare un fenomeno chiaramente biologico come se fosse uno dei più grandi misteri della fisica di oggi?

La prima volta che gliel'ho chiesto mi ha dato una lunga spiegazione. – Mio caro collega, come ha fatto Madame Curie a dedurre l'esistenza di radioattività nei metalli contenenti radio? Come ha potuto Wilhelm Roentgen riconoscere i raggi X per ciò che erano realmente? Nessuna di queste forme di radiazione si è presentata nell'ambito delle nostre attuali conoscenze del magnetismo, dell'elettricità o della luce. Dovevano essere qualcosa di nuovo. Ora, apparentemente i figli della Medusa hanno bisogno di vedere una vittima per poterla danneggiare, ma in che modo è trasmesso l'effetto? Diversamente dagli antichi greci noi sappiamo che i nostri occhi funzionano concentrando la luce ambientale su una membrana posta nella loro parte posteriore. I greci pensavano che le gorgoni saettassero raggi fiammeggianti, come per mutare in pietra qualunque cosa guardassero, ma noi sappiamo che ciò non può essere vero. Quello che fronteggiamo è un fenomeno completamente nuovo.

«Vero, l'effetto gorgone cambia solo ciò che è direttamente in vista del medusoide, ma noi sappiamo che la responsabilità non è della luce riflessa dai corpi interessati. E gli esperimenti calorimetrici di Lavoisier – prima che incontrasse la sua infelice fine sotto alla lucida lama dell'Esecutrice, la ghigliottina – hanno dimostrato che c'è una reale trasmutazione atomica in atto!

«Quindi, cosa mai può mediare l'effetto gorgone? Come può l'atto dell'osservazione, compiuto da un povero sfortunato affetto da gorgonismo, trasformare la struttura nucleare?

(Con "struttura nucleare" Ernest faceva ovviamente riferimento al nucleo dell'atomo, come dedotto dai nostri esperimenti dello scorso anno.)

Poi Ernest mi ha spiegato che avrebbe posto una gorgone a un lato di uno strumento molto grande che ha chiamato camera a nebbia, con grandi serpentine magnetiche sopra e sotto, per vedere se ci fossero altri fenomeni fisici all'opera.

Ora posso finalmente rivelare gli effetti delle sperimentazioni compiute dal nostro gruppo. Il Soggetto C sta collaborando in modo professionale, ma nonostante gli sforzi di Ernest la camera a nebbia non ha portato risultati: lei può stare con un lato del viso premuto contro il vetro della finestra e trasformare il bersaglio (un uovo) in frammenti bollenti di pietra rossa, ma nel vapore saturo della camera non appare alcuna traccia di ionizzazione.

O meglio, dovrei dire che non appare alcuna traccia diretta. Abbiamo avuto più successo quando abbiamo tentato di replicare altri esperimenti base. Sembra che l'effetto gorgone sia una funzione variabile continua dell'illuminazione del bersaglio, con un limite estremo inferiore definito e un limite superiore!

Con l'interposizione di filtri di vetro annerito abbiamo potuto calibrare accuratamente l'efficienza con cui il Soggetto C trasmuta nuclei di carbonio in silicio. Alcuni dei nuovi contatori elettrostatici a cui ho lavorato si sono dimostrati utili perché il bersaglio rilascia radiazioni secondarie, inclusi raggi gamma (e forse un'elusiva particella neutra), e in effetti la camera a nebbia ha prodotto un'eccellente immagine delle radiazioni emesse dal bersaglio.

Avendo dimostrato le proprietà calorimetriche e ottiche dell'effetto, abbiamo eseguito un esperimento a doppia fessura su una fila di bersagli (in questo caso dei pettini di legno). Abbiamo interposto un muro con due fessure sottili tra i bersagli e il nostro soggetto, il cui sguardo era diviso in due da un binocolo con un sistema di prismi. Una lampada situata tra le due fessure, all'estremità più laterale del muro rispetto al soggetto, rischiarava i bersagli: a mano a mano che il livello dell'illuminazione aumentava si produceva un pattern di gorgonismo alternato! Ciò segue esattamente il rafforzamento costruttivo e la distruzione di onde, (ovvero la natura ondulatoria della luce), che il professor Young ha dimostrato con il suo studio dei corpuscoli di luce, come siamo tenuti a chiamarli adesso. Ne concludiamo che il gorgonismo è un effetto ondulatorio di qualche tipo, e che l'atto dell'osservazione è intimamente coinvolto, anche se, di primo acchito, è una conclusione talmente strana che alcuni di noi erano inclini a rifiutarla a priori.

Ovviamente a tempo debito pubblicheremo interamente le nostre scoperte, ma per ora sono lieto di allegare a questa lettera una bozza del nostro studio, in caso ti interessi.

Comunque, ormai ti starai chiedendo qual è la nostra scoperta più importante. Non è ancora su carta perché il dottor Rutherford è incline a cercare una possibile spiegazione prima di arrivare alla pubblicazione, ma mi spiace dover dire che le nostre più precise analisi calorimetriche suggeriscono una violazione della tua teoria sulla conservazione di massa ed energia: non nell'ordine di once di peso ma comunque quanto basta per rilevarlo.

Atomi di carbonio vengono trasformati in ioni di silicio con un'elettropositività molto alta, cosa che può essere spiegata se assumiamo che l'effetto gorgone stia creando massa nucleare da una qualche fonte.

Forse tu o uno dei tuoi colleghi all'Accademia di Prussia potete fare un po' di luce sulla questione?

Noi siamo estremamente perplessi perché, se accettiamo questi risultati, siamo costretti ad accettare la creazione di nuova massa nucleare *ab inizio*, o considerarla come una smentita sperimentale della tua teoria della relatività generale.

Il tuo buon amico,
Hans Geiger

Ritratto dell'agente come (confuso) giovane uomo:

Immaginatemi in piedi nel bel mezzo di un campo mal falciato, nel gelo che precede l'alba, con l'erba giallastra e riarsa che mi arriva fino alle caviglie. Alle mie spalle c'è una palizzata di legno, e dietro di essa una strada con lampioni e le solite telecamere per il traffico. Aggiungete un elicottero della polizia parcheggiato nel mezzo della rotonda come un gigantesco scarafaggio cibernetico, pieno zeppo di sensori voluminosi e lampade fotoelettriche, e rumoroso quanto un'esplosione in una fabbrica di fuochi d'artificio.

Di fronte a me c'è un campo pieno di mucche di cemento, placidamente pascolanti all'ombra di alcuni alberi bassi appena visibili alla luce dei lampioni. Lunghe ombre partono dalla palizzata, un'oscurità crescente verso l'inquietante massa informe che si trova all'estremità del campo.

È autunno, e non sarà l'alba per almeno altri trenta minuti. Alzo la mia videocamera modificata e faccio uno zoom sull'oggetto, schiacciando il bottone di registrazione.

La massa somiglia vagamente a una mucca sdraiata su un fianco. Lancio un'occhiata all'elicottero alle mie spalle, che sta iniziando a prepararsi per il decollo; sono ragionevolmente sicuro che non ci sia pericolo, qui, ma non riesco a evitare del tutto un brivido. Dall'altra parte del campo…

– Riferimento: sono Bob Howard, a Bancroft Park, in Milton Keynes. Sono le sette e quattordici minuti di martedì mattina, diciotto corrente mese. Ho contato le mucche, e ce ne sono nove. Una è prona, all'estremità laterale del campo. Seguiranno coordinate GPS. Una sorveglianza preliminare non rileva alcuna presenza umana nell'arco di un quarto di chilometro, e la produzione termica residua è inferiore ai duecento gradi Celsius, quindi ritengo che avvicinarmi al target sia sicuro.

I miei piedi procedono controvoglia e io tengo d'occhio il dosimetro, non si sa mai; è improbabile che ci sia molto residuo radioattivo, qui intorno, ma non si può mai dire.

La prima mucca mi appare dall'oscurità: è dipinta di bianco e nero e vista da vicino è chiaramente una scultura. Le do un buffetto sul naso. – Buona, Daisy.

Adesso dovrei essere al sicuro nel mio letto con Mo, ma lei è a Dunwich per un corso di aggiornamento di due settimane, e Angleton si è fatto pungere da qualcosa e ha dichiarato un'emergenza da codice blu. E il risvolto dei miei pantaloni è bagnato di rugiada e fa freddo.

Raggiungo la mucca successiva, mi fermo e mi appoggio al suo posteriore per fare uno zoom sul target.

– Punto zero. Raggio: venti metri. Il Soggetto è un bovino, a terra, chiaramente morto. È lungo circa tre metri, razza… non identificabile. L'erba attorno è carbonizzata ma non c'è segno di combustione secondaria. – Deglutisco a vuoto. – Rossore termico visibile sull'addome. C'è un'enorme lacerazione sul ventre, dove i fluidi intestinali bollenti sono esplosi, e probabilmente il contenuto all'interno è ancora di un rosso luminoso e bollente.

Mi avvicino alla massa. Si tratta chiaramente dei resti di una mucca, e altrettanto chiaramente ha incontrato una fine alquanto spiacevole.

Il dosimetro dice che il posto è sicuro (di solito gli effetti radioattivi provenienti da questo genere di cose sono immediati e con pochi residui secondari, per fortuna), ma il terreno sotto la mucca è bruciato e la pelle si è annerita e carbonizzata sino a prendere una consistenza granulosa simile alla cenere.

Nell'aria c'è un odore simile a quello di roast beef, con uno spiacevole retrogusto di qualcosa di diverso. Cerco nel mio zaino ed estraggo una sonda termica, poi, preparandomi, infilo l'estremità appuntita della sonda nella lacerazione sull'addome. È come essere troppo vicino a un forno spalancato, quasi mi brucio la mano su un lato.

– Temperatura del nucleo: duecentosessantasei, duecentosessantasette gradi... stabile. Prelevo dei campioni del nucleo per il controllo di eventuali isotopi radioattivi.

Prendo un contenitore per campioni e una sonda appuntita con cui inizio a farmi strada tra le interiora della bestia, cercando di estrarre un grosso pezzo di carne bruciata e cinerea. Sono nauseato; apprezzo una bistecca ben cotta quanto chiunque altro, ma c'è qualcosa di profondamente sbagliato in questa scena. Cerco di non notare i bulbi oculari esplosi o la lingua scoppiata tra le labbra annerite. Questo lavoro è già abbastanza indecente di suo, senza che io aggiunga a tutto il casino anche i miei conati di vomito.

Dopo aver imbottigliato per bene i campioni per le analisi mi allontano e faccio un ampio giro attorno al corpo, registrando da tutti gli angoli.

Completano il quadro un cancello aperto all'estremità del campo e una serie di tracce sul terreno.

– Ipotesi: cancello aperto. Qualcuno ha lasciato

entrare Daisy, l'ha portata fino a una posizione vicino alla mandria e si è allontanato. Dopodiché Daisy è stata illuminata ed esposta a un basilisco di classe tre o superiore, animato o simulato che sia. Ci serve un buon piano per nascondere i fatti al pubblico, analisi della scientifica sul campo, sul cancello e sulla palizzata.

«Bisogna controllare la presenza di segni e impronte in uscita e bisogna identificare Daisy, in qualche modo, per vedere da che mandria è arrivata.

«Se nei prossimi giorni fosse denunciata la sparizione di qualche capo di bestiame per noi sarebbe un indizio utile.

«Intanto la temperatura interna è sotto i cinquecento gradi celsius e questo suggerisce che l'incidente è avvenuto almeno alcune ore fa (ci vuole un po' perché una cosa delle dimensioni di una mucca si raffreddi così tanto). Dato che evidentemente il basilisco non è più in quest'area e che non c'è molto che io possa fare, sto per chiamare sulla scena gli addetti alle pulizie. Chiudo.

Spengo la videocamera e me la infilo in tasca con un respiro profondo. Ciò che seguirà promette di essere ancora meno piacevole che infilare una termocoppia nel culo di una mucca per vedere da quanto tempo è stata irradiata.

Tiro fuori il mio telefono e faccio il 999.

– Operatore? La polizia, prego. Polizia? Questo è Mike Tango Cinque, ripeto, Mike Tango Cinque. L'ispettore Sullivan è disponibile? Ho una chiamata urgente per lui…

RAPPORTO 3: venerdì 9 ottobre 1942

CLASSIFICATO TOP SECRET GAME ANDES, Ministero della Guerra, 9 ottobre 1942 RICLASSIFICATO TOP SECRET REDSHIFT, Ministero della Difesa, 13 agosto 1988

ORDINE DEL GIORNO:

Al Dipartimento 2 del SOE (*Special Operations Executive*), ufficio 337/42, sono arrivati tre rapporti che gettano nuova luce sulle recenti attività del Dr. Ing. Professor Gustav Von Schachter in relazione al RSHA, l'ufficio centrale per la sicurezza del Reich, sull'Ufficio 3 e sui ricoverati dell'Ospedale Holy Nativity per i Malati di Mente Incurabili.

Il nostro primo rapporto – rif. 531/892-(i) – riguarda la fine dell'attività di un'unità distaccata del RSHA, Ufficio 3, Gruppo 4, incaricata dell'eliminazione dei deboli di mente e dei minorati mentali a Francoforte, all'interno del programma di eugenetica condotto dal Reich.

Un agente in loco (codice: GREEN PIGEON) ha colto una conversazione tra due soldati in cui la cessazione delle operazioni di eutanasia nella clinica era discussa in termini negativi. Già dal 24/8/1942 Herr Von Schachter aveva acquisito un Ordine Speciale del Führer firmato da Hitler o Borman. Questo è stato interpretato dai militari come un mezzo per attribuirgli l'autorità per requisire ogni risorsa militare non impegnata nella diretta sicurezza del Reich o nella soppressione della resistenza, e per poter ignorare gli ordini con l'effettiva autorità di un *obergruppenführer.* Il mandato opera in unione con la preesistente autorità datagli dal Dr. Wolfram Sievers, che si ritiene diriga l'Istituto di Ricerca Scientifico-Militare all'Università di Strasburgo e il centro di trattamento al campo di concentramento di Natzweiler.

Il nostro secondo rapporto – rif. 539/504-(i) – riguarda le prescrizioni dispensate da una farmacia di Francoforte per un non meglio specificato dottore dell'Ospedale Holy Nativity. L'assistente farmaceutico del dispensario è un simpatizzante controllato da BLUE PARTRIDGE ed è considerato degno di fiducia. Le prescrizioni requisite erano insolite in quanto consistevano in preparazioni di bolo per iniezioni intratecali (alla base del cranio) contenenti colchicina, un estratto di catharanthides e morfina.

Il nostro informatore ritiene che si tratti di una preparazione estremamente irregolare, che potrebbe essere utilizzata nel trattamento di alcuni tumori cerebrali, ma che può facilmente provocare dolori lancinanti ed effetti neurologici collaterali (rif. GAME ANDES) associati all'induzione di gorgonismo in individui con latente astrocitoma al cingolato cerebrale.

Il rapporto finale – rif. 539/504-(ii) – proviene dal medesimo informatore e conferma sinistre attività preparatorie all'Ospedale Holy Nativity. L'ospedale è ora sotto il controllo dei soldati dell'Einsatzgruppen 4. Le finestre sono state opacizzate e gli *specchi* sono stati rimossi (il corsivo è nostro) o rimpiazzati da specchi per osservazione unidirezionali.

Nelle celle singole le luci sono state ricollegate per permettere il controllo dall'esterno, a due porte di distanza.

La maggior parte dei pazienti sono scomparsi, si pensa rimossi dai soldati del Gruppo 4, e girano voci di una nuova area di terra smossa nella vicina campagna. I pazienti rimasti sono sottoposti a stretta sorveglianza.

Conclusione: I preparativi a cui si fa menzione al 539/504-(i) sono stati inoltrati al Gruppo Progetti Speciali ANDES, che ha verificato (con la documentazione del soppresso Comitato Geiger) che Von Schachter sta facendo sperimentazioni con droghe simili al catastrofico preparato Cambridge IV.

Considerata l'influenza del suo collega Siever nelle Ahnenerbe-SS e il precedente impiego dell'Ospedale Holy Nativity come centro secondario per le cure palliative di pazienti sofferenti di convulsioni e altri sintomi neurastenici, si ritiene verosimile che Von Schachter intenda indurre e controllare il gorgonismo a scopi militari, in esplicita violazione ai provvedimenti per la totale soppressione delle armi lapidificanti stabiliti al Codicillo Segreto IV alla Convenzione dell'Aja (1919).

Linea di Condotta Raccomandata: La questione è di importanza critica e dovrebbe essere riportata a JIC, il comitato congiunto per i servizi informativi, insieme a un'analisi del SOE sulla fattibilità di un raid sull'installazione.

Il programma di Von Schachter mostra i segni di un potenziale significativo e, se gli fosse concesso di proseguire, potrebbe svilupparsi in uno dei presunti programmi *Vertlesgunswaffen* per lo spiegamento di forze contro popolazioni civili in zone non occupate.

Un certo numero di piani di emergenza per l'impiego del gorgonismo sulla base di un'osservazione di massa sono raccolti in un dossier del Ministero della Guerra sin dai primi anni '20, e ora dobbiamo considerare la prospettiva che tali armi siano schierate contro di noi.

Consideriamo essenziale un attacco immediato contro i più avanzati centri di sviluppo, in contemporanea con decise comunicazioni lungo i canali diplomatici, ricordando che il mancato adempimento di tutte le clausole (segrete e pubbliche) della Convenzione dell'Aja avrà come conseguenza una ritorsione alleata con impiego di gas venefico contro obiettivi civili tedeschi.

Non possiamo correre il rischio che basilischi di classe IV siano impiegati congiuntamente alla forza aerea strategica…

Quando finalmente riesco a rotolare in ufficio sono passate quattro ore e sto sbadigliando per mancanza di sonno. Harriet sta saltellando in giro per la sala comune come se avesse i piedi in fiamme, più arrabbiata di quanto l'abbia mai vista. Sfortunatamente, il sistema con cui lavoriamo fa sì che per il 30% del tempo lei sia il mio capo e che io mi occupi di assistenza tecnica. (Per il restante 70% rispondo unicamente a Angleton, e non posso dirvi di *cosa* mi occupo ma solo che comporta essere tirato giù dal letto alle quattro del mattino per rispondere a un codice blu.)

Harriet è la tipica impiegata che nessuno nota: scialba, ossuta, circa quarantenne, si è prosciugata passando anni a studiare sistemi in triplice copia con cui terrorizzare gli agenti operativi. Non immagineresti che gente come Harriet possa eccitarsi per qualcosa. L'effetto è sconcertante, come aprire una tomba e trovarci dentro una mummia che balla la break-dance.

– Robert! Dove diavolo sei stato? Sai che ore sono? McLuhan è rimasto ad aspettarti, avresti dovuto essere qui due ore fa per la riunione del comitato per la gestione delle licenze!

Sbadiglio e appendo la giacca all'attaccapanni vicino alla macchina del caffè del dipartimento C. – Mi hanno chiamato. Un codice blu. Sono appena tornato da Milton Keynes – mugugno.

– Un codice blu? – chiede, immediatamente in allerta. – Chi l'ha approvato?

– Angleton. – Apro l'armadio sopra il lavandino e vado a caccia della mia tazza, quella con davanti il poster che dice LA CURIOSITÀ UCCIDE.

La macchina del caffè è quasi vuota, piena solo di roba catramosa pericolosamente simile ai rifiuti tossici con cui fanno le strade. Le do una risciacquata sotto il rubinetto.

– Con il suo budget, non preoccuparti. Solo che mi ha tirato giù dal letto alle quattro del mattino spedendomi... – metto giù la caraffa per riempire nuovamente il filtro – non importa. Adesso è tutto a posto.

Harriet ha l'espressione di chi ha morso un biscotto e ci ha trovato dentro mezzo scarafaggio. Sono praticamente certo che non sia nulla di speciale; semplicemente, lei e il suo capo, Bridget, non hanno traguardo migliore nella vita che abbassare gli altri al loro livello per poterli guardare negli occhi. Anche se, a essere corretti, bisogna riconoscere che ultimamente sono state più caute del solito, nascondendosi in meeting con strani personaggi di altri dipartimenti.

Forse è solo l'eterno gioco della Burocrazia, il cui fine è il premio più ambito: ritiro anticipato e una pensione da impiegato pubblico.

– Di che si tratta? – chiede.

– Hai accesso a GAME ANDES REDSHIFT? Perché altrimenti non te lo posso dire – rispondo.

– Hai detto che eri a Milton Keynes – ribatte lei – me l'hai appena detto tu.

– L'ho fatto? – giro gli occhi. – Be', forse, e forse no. Non mi è assolutamente possibile commentare.

– Cosa c'è di così interessante a Milton Keynes? – continua lei.

Mi stringo nelle spalle. – Poca roba. È fatto di cemento ed è molto, molto noioso.

Si rilassa impercettibilmente, dicendo: – Assicurati di compilare tutta la documentazione e metterla in nota spese all'indirizzo giusto.

– Lo farò prima di uscire, oggi pomeriggio alle due – replico, crogiolandomi nel piacere di avere un orario di lavoro flessibile. Rispetto a lei, Angleton è un capo molto più allarmante, ma anche più comprensivo, per cui lavorare.

A causa della gestione del personale non posso svicolare completamente da sotto il dito ossuto di Harriet, ma confesso che mi entusiasma quando l'altro mio capo le fa pesare il proprio grado.

– Di che meeting parlavi, prima? – chiedo, sornione, sperando che abbocchi e cambi argomento.

– Dovresti saperlo. Sei tu l'amministratore della mailing list – mi rilancia lei.

Oops. – Mr. McLuhan è qui per aiutarci. Fa parte

della divisione Q, è qui per darci una mano con i preparativi per la verifica con la Business Software Alliance.

– La... – mi immobilizzo e mi giro a guardarla, la macchina del caffè gorgogliante alle mie spalle. – La nostra verifica con *chi*?

– La Business Software Alliance – fa lei, compiaciuta. – Cinque mesi fa il CESG, il Communications Electronic Security Group, ha dato in outsourcing la nostra infrastruttura commerciale per applicazioni obbligandoci a seguire le metodologie di buona fabbricazione per assicurare la qualità e il valore delle risorse aziendali.

«E visto che tu eri troppo occupato, per controllare come vanno le cose, Bridget ha chiesto alla divisione Q di aiutarci, così Mr. McLuhan ci sta aiutando a risolvere gli accordi di licenza in concordanza con le linee guida degli Acquisti; ha detto di essere in grado di effettuare un'ispezione certificata della BSA sui nostri sistemi e di darci una mano a mettere tutto in ordine.

– Oh – rispondo, girandomi e aggiungendo silenziosamente *merda* in direzione del bollitore di caffè. Sono calmo, molto calmo. – Hai mai assistito a una revisione della BSA, Harriet? – le chiedo.

– No, ma sono qui per aiutarci a rivedere il nostro.

– È finanziata dalle grandi compagnie di software applicativo – dico, il più tranquillo possibile, – che la finanziano perché considerano la BSA una *fonte di profitto*, e questo perché la BSA o dei suoi sub-appaltatori, ed è questo che sarà la divisione Q, sappilo, sono pagati per fare delle verifiche, e se trovano qualcosa non a norma... Arrivano, fanno una verifica, cercano *qualunque cosa* non sia coperta da una licenza d'uso, tipo quelle vecchie macchine che stanno ancora girando con Windows 3.1 e Office 4, o i file server dipartimentali Linux che stanno dietro alla scrivania di Eric. Per non parlare della macchina FreeBSD che gestisce il Sistema di Contromisure Demoniache alla Sicurezza. Comunque, ti minacciano di portarti in tribunale se non fai un aggiornamento di tutto all'ultima versione. Invitarli a fare una verifica è come invitare la squadra antidroga a farsi uno spinello.

– Dicono che possono sistemare tutto il software che abbiamo installato ora e offrirci uno sconto per licenze multiple e molto grosse…

– E come credi che lo farebbero? – mi giro e la fisso. – Vorranno installare del software di monitoraggio sulla nostra rete e analizzarne i risultati. – Faccio un respiro profondo. – Vuol dire che dovrai far firmare a McLuhan l'Official Secret Act, così che io possa notificargli formalmente che se lui pensa di fare tutto ciò io sarò costretto a chiedere una lettera di richiamo. Parte terza. Ma tu perché credi che continuiamo a usare quelle vecchissime copie di Windows in rete? Perché non ci possiamo permettere di sostituirle?

– Lui ha già firmato la Sezione Tre. E comunque tu hai detto che non avevi tempo – scatta lei, pungente. – Te l'ho chiesto cinque settimane fa, di venerdì! Ma tu eri troppo impegnato a giocare agli agenti segreti con i tuoi amici del piano di sotto per notare una cosa importante come una verifica in arrivo. Tutto questo non sarebbe stato necessario se tu avessi avuto tempo!

– Cazzate. Ascolta, stiamo ancora usando quei

vecchi rottami perché sono così vecchi e fetenti che non riescono a prendersi la metà dei worm e dei virus che sono in giro oggigiorno. La BSA insisterà perché li rimpiazziamo con postazioni nuove fiammanti con Windows XP e Office XP, e saranno pronti a entrare in rete ogni sei secondi per osservare tutto quello che facciamo con le suddette macchine. Pensi *davvero* che Mahogany Row darà via libera a un simile rischio per la sicurezza?

Questo è un bluff, Mahogany Row si è ritirato da questo universo ai tempi in cui l'unico mouse era quello della Disney, ma è improbabile che lei lo sappia, e in più così le faccio sapere che in questi giorni mi stanno invitando lassù. (Vicino al mio Dio mangia teste…)

– Per quanto riguarda l'impegno di tempo, dammi un budget per l'hardware e un assistente tecnico che sia abilitato per operazioni di livello cinque della Lavanderia e io mi ci metterò. Ti costerà solo sessantamila sterline circa per il primo anno, più un salario adeguato da lì in poi.

Finalmente, *finalmente*, riesco a prendere la caraffa di caffè dalla macchina e a versarmi una tazza di puro risveglio liquido. Così va meglio.

Harriet lancia un'occhiata all'orologio. – Verrai al meeting a spiegare la cosa a tutti? – La sua voce avrebbe potuto tagliare il vetro.

– No. È un casino da partnership tra pubblico e privato, puro e semplice. Bridget ci si è infilata di sua libera scelta, quindi se vuole che glielo risolva io può almeno chiedermelo. Inoltre, ho un meeting con Angleton, Boris e Andy per fare rapporto su un codice blu, e questo batte dello pseudo lavoro amministrativo in qualunque momento.

– Bastardo – sibila lei.

– Lieto di essere utile. – Faccio una smorfia mentre esce dalla stanza sbattendo la porta. – Angleton. Codice blu. Gesù!

All'improvviso ricordo la videocamera modificata con registratore nella tasca della mia giacca. – Merda, sono in ritardo...

RAPPORTO 4: Martedì 6 giugno 1989

CLASSIFICATO TOP SECRET GAME ANDES REDSHIFT, Ministero della Difesa, 6 giugno 1989

Estratto: Una recente ricerca in neuroanatomia ha rilevato le caratteristiche della natura della rete di gangli stellati responsabili del gorgonismo in pazienti con astrocitoma avanzato afferente il cingolato cerebrale. Test che combinano lo schema della "mappa della medusa" con appropriati sistemi di elaborazione delle immagini hanno dimostrato la fattibilità dell'induzione meccanica dell'effetto medusa.

Il progresso nell'emulazione di reti neurali a strati nascosti dinamicamente riconfigurabili, usando la tecnologia FPGA (Fully Programmable Gate Array), combinato con l'elaborazione di segnali video digitali in tempo reale da parte di videocamere binoculari ad alta risoluzione, ci permetterà verosimilmente di scaricare un "modello medusa" in telecamere CCTV (ovvero a circuito chiuso) di sorveglianza adeguatamente predisposte entro i prossimi cinque anni. Questo consentirà a una rete di monitor video digitali collegati in tempo reale di acquisire una reale capacità di guardare-per-uccidere in contatto visivo diretto.

Sono allo studio estesi protocolli di sicurezza che dovranno essere implementati prima che questa tecnologia possa essere installata a livello nazionale, allo scopo di minimizzare il rischio di errori di attivazione.

Si stima che il progettato schieramento di telecamere a circuito chiuso a monitoraggio di luoghi pubblici comporti la collocazione di più di un milione di telecamere *in situ* nelle principali città britanniche entro il 1999. La copertura sarà completa per il 2004-2006. Gli sviluppi anticipati nelle connessioni di rete e i miglioramenti nella computerizzazione on-line di larghezza di banda suggeriscono per la prima volta possibilità di acquisire una totale copertura di difese approfondite contro ogni concepibile insurrezione.

Al momento si stanno discutendo le implicazioni di questo progetto, insieme con la sua possibile efficacia nel mitigare le conseguenze del CASE NIGHTMARE GREEN nel settembre 2007.

Parlando di Mahogany Row, Angleton aveva scelto per il nostro debriefing post missione la sala assemblea con la scrivania di tek, gli accessori in bachelite, e le finestre smerigliate rivolte sul corridoio.

Quando arrivo lo vedo alla scrivania, impegnato a batterci sopra le dita ossute. Andy ha l'aria ansiosa e Boris è imperturbabile mentre entro e accendo il segnale rosso di MEETING sopra la porta.

– Filmini di famiglia. – Butto il nastro sulla scrivania. – Questo è quello che ho visto durante le vacanze. – Prima di sbadigliare appoggio la tazza di caffè su uno dei poco rassicuranti divani di morbida pelle, giusto per non rovesciare tutto. – Scusate, sono in piedi da ore. Cosa volete sapere?

– Da quanto tempo era morta? – chiede Andy.

Ci penso un momento. – Non sono sicuro. Temo che dovrai chiamare Patologia se vuoi una risposta certa, ma quando l'ho trovata io, alle sette in punto, era evidentemente già morta da qualche tempo. Si era già raffreddata a una temperatura appena superiore a quella di un forno.

Angleton mi sta guardando come se fossi un microbo sotto un microscopio. Non è una sensazione piacevole. – Hai letto i file? – chiede.

– Sì. Prima di venire qui li ho chiusi nella cassaforte del mio ufficio, nel caso in cui Tizio, Caio, o la piccola Harriet decidessero di ficcanasare. Decisamente *non* dormirò bene, stanotte.

– Il basilisco: trovato? – chiede Boris.

– Uhm, no – ammetto – è sempre in libertà, ma Mike Williams mi ha detto che mi farà sapere se lo trovano. È autorizzato per OSA-III, è il nostro collegamento in…

– Quante videocamere sorvegliavano la rotonda? – chiede Angleton, quasi con noncuranza.

– Oh. – Mi siedo di colpo. – Oh, merda. *Merda*. – Mentre realizzo cosa sta cercando di dirmi senza farlo ad alta voce, ufficialmente, mi sento tremare, forte, con le budella che ballano il tango e brividi gelidi su e giù per la schiena.

– È per questo che ho mandato te – mormora Angleton, facendo segno a Andy di uscire dalla stanza, probabilmente secondo accordi precedenti. Un attimo dopo lo segue anche Boris. – Non dovresti farti uccidere, Bob. Farebbe brutta figura sul tuo profilo professionale.

– Oh, merda – ripeto io, mentre capisco quanto potrei essere stato vicino alla morte. E così anche l'equipaggio dell'elicottero, e tutti quelli che sono stati là da allora...

– Mezz'ora fa qualcuno ha distrutto la videocamera numero diciassette a sorveglianza della terza rotonda di Monk's Road: hanno sparato un proiettile calibro .223 attraverso l'involucro del CCD. Bevi il tuo caffè e cerca di non rovesciarlo ovunque, per favore.

– Uno dei nostri. – Mi esce come un'affermazione, non una domanda.

– Certamente. – Angleton batte il dito sulla scrivania e mi guarda con quei suoi spaventosi occhi grigi. – Considerando che il grande pubblico è al sicuro, per il momento, dimmi le tue deduzioni.

– Uh. – Mi bagno le labbra, secche come vecchi stivali di pelle. – A un certo punto della scorsa notte qualcuno ha lasciato entrare una mucca nel parco e l'ha usata per fare pratica di tiro. Non conosco molto della topologia del network delle telecamere di controllo del traffico a Milton Keynes, ma per me i possibili sospetti sono, nell'ordine: qualcuno con un peculiare tumore cerebrale, qualcuno con un'arma lapidatrice, tipo quella che ho certificato io sotto OGRE REALITY, o qualcuno che abbia accesso a qualunque cosa sia stato prodotto da GAME ANDES REDSHIFT. E, a giudicare dalle domande che stai facendo, se si tratta di quest'ultimo non è autorizzato.

Lui annuisce appena.

– Allora siamo nella merda fino al collo. – Affermo allegramente, e butto giù l'ultimo sorso di caffè. L'effetto è leggermente rovinato dal fatto che inizio a tossire come un matto.

– Senza un indicatore di profondità. – Aggiunge lui, mentre aspetta che mi passi la crisi di tosse. – Ho mandato Andrew e Mr. B giù a tirar fuori un altro file per te: classificato, nessun appunto scritto. Mentre loro sono giù vorrei che scrivessi con parole tue tutto quanto ti è successo da stamattina a ora. Finirà in un file riservato insieme alla documentazione video, come prova, in caso succeda il peggio.

– Oh, merda. – Mi sto stufando di continuare a ripeterlo. – È per uso interno? – Lui annuisce.

– Roba per il CPU, l'ufficio centrale? – Angleton annuisce ancora, poi spinge l'antiquata macchina da scrivere portatile verso di me. – Inizia a scrivere.

– Okay. – Prendo delle matite, i fogli di carta e li allineo agli angoli. – Fai finta che stia già scrivendo.

RAPPORTO 5: Lunedì, 10 dicembre 2001

CLASSIFICATO TOP SECRET GAMES ANDES REDSHIFT, Ministero della Difesa, 10 dicembre 2001
CLASSIFICATO TOP SECRET MAGINOT BLUE STARS, Ministero della Difesa, 10 dicembre 2001

Contenuto: Questo documento descrive i progressi alla data odierna nello stabilire una rete di difesa in grado di respingere incursioni su larga scala, riconfigurando la rete nazionale di sorveglianza televisiva a circuito chiuso al fine di ottenere un basilisco pluritesta letale per contatto visivo controllato via software.

Al fine di prevenirne l'accidentale e prematuro impiego, o l'esposizione deliberata, il software SCORPION STARE non è al momento scaricato nel firmware delle telecamere. Dei chip FPGA riprogrammabili sono invece già integrati in tutte le telecamere e in caso di necessità possono essere scaricati con lo SCORPION STARE da utenti MAGINOT BLUE STARS autorizzati.

Preambolo: È stato detto che il sistema di difesa attiva contro i missili balistici proposto dalla US Strategic Defense Initiative Organisation (SDIO) richiederà il software più complesso mai sviluppato, caratterizzato da una complessità pari a oltre 100 milioni di righe di codice e pesantemente criticato da varie organizzazioni (si vedano le note a piè di pagina [1][2][4]) in quanto non funzionerà mai e verosimilmente conterrà oltre un migliaio di errori di livello 1 alla prima installazione.

Nonostante ciò, le esigenze strutturali di MAGINOT BLUE STARS rendono trascurabili quelle delle infrastrutture dello SDIO. Per fornire la copertura del 95% della popolazione inglese, noi richiediamo un totale di 8 milioni di telecamere a circuito chiuso connesse tramite una rete digitale (terminali).

I terminali nelle aree urbane possono essere connessi a mezzo della rete telefonica pubblica usando l'SDSL/VHDSL, ma i sistemi periferici possono usare reti di collegamento wireless 802.11a per assicurare che le aree rurali non forniscano un gruppo di portatori infetti per la possessione demoniaca. I problemi di banda TCP/IP saranno discussi più avanti, insieme con la decisa richiesta di routing e infrastrutture IPv6, che dovranno essere installate e supportate da tutti gli internet service provider non più tardi del 2004.

Ci sono più di novanta diversi tipi di telecamere a circuito chiuso attualmente in vendita nel Regno Unito, molte delle quali sono importate e non possono essere equipaggiate con gli FPGA adatti a eseguire il collegamento neurale ai basilischi dello SCORPION STARE prima dell'installazione.

Gli ordini per la divulgazione delle informazioni indicati sotto i termini del Regulation of Investigatory Powers Act (2001) servono per avere accesso all'elettronica delle telecamere, ma in molte regioni l'aggiornamento alla conformità di Livello 1 di MAGINOT BLUE STARS è in ritardo rispetto alla previsione a causa dell'opposizione delle forze di polizia locali verso quelle che sono considerate richieste irragionevoli dell'Home Office.

A meno che noi si raggiunga un miglioramento del 340% di obbedienza per il 2004, non riusciremo a conseguire la saturazione dell'obbiettivo prima del settembre 2007, data in cui è atteso il CASE NIGHTMARE DREAM.

Attualmente l'installazione è stata completata solo in aree limitate: particolarmente nel centro di Londra (l'area privilegiata per la sorveglianza antiterroristica, il cosiddetto "ring of steel") e Milton Keynes (dove è stata realizzata una rete telematica metropolitana avanzata di nuova generazione con incorporata una gestione totale per il controllo del traffico).

L'installazione sul campo procede col criterio della densità della popolazione, secondo la portata della potenzialmente catastrofica invasione demoniaca, e l'esponenziale incenerimento attraverso le varie aree urbane...

Raccomandazione: Un modo per assicurarsi che tutto il sistema civile di telecamere a circuito chiuso sia compatibile con lo SCORPION STARE entro il 2006 è quello di utilizzare ai nostri scopi un'iniziativa dell'Agenzia per la Sicurezza Nazionale Americana (NSA).

In una legge apparentemente sponsorizzata da Hollywood e dalle associazioni dell'industria della musica (MPAA e RIAA: vedi anche CDBTPA), la NSA sta pretestuosamente cercando di rendere legale il supporto per la gestione dei diritti digitali in tutti gli apparecchi elettronici venduti al pubblico.

I dettagli dell'applicazione al momento ci sono inaccessibili, ma crediamo si tratti di un pretesto per esigere dai produttori l'inserimento di FPGA riconfigurabili direttamente sul silicio, stando sotto al milione di transistor per chip, facendolo passare inizialmente come uno schema per la gestione dei diritti digitali ma in realtà riprogrammabile come supporto per la nascente guerra all'Anti-Americanismo dell'NSA.

Se rendiamo tali FPGA integrati obbligatori, le pressioni commerciali forzeranno i venditori dell'Estremo Oriente a conformarsi alla regolamentazione corrente e potremo ordinare l'incorporazione dello SCORPION STARE di Livello 2 in tutte le telecamere digitali elettroniche, oltre che negli equipaggiamenti commerciali a circuito chiuso. Come copertura useremmo la necessità di conformarci agli obblighi di protezione del copyright (in accordo al trattato dell'Organizzazione Mondiale per la Proprietà Intellettuale).

Un pretesto utile per rendere rapidamente obsolete le telecamere di Livello 0 e Livello 1 può essere poi escogitato, per esempio, screditando in un'investigazione criminale le prove testimoniali supportate dalle installazioni più vecchie.

Se perseguiamo questo piano, per la fine del 2006 ogni coppia di due terminali pubblici adiacenti a circuito chiuso – o telecamere private equipaggiate con un collegamento video digitale – sarà riprogrammabile da un superutente autenticato MAGINOT BLUE STARS, permettendo così all'operatore di trasformarle in un'arma basilisco SCORPION STARE.

Restiamo convinti che questa sia la miglior difesa adottabile per ridurre al minimo il numero di vittime quando i Grandi Antichi torneranno da oltre le stelle per mangiare i nostri cervelli.

– Quindi il tutto si riduce a un'iniziativa di difesa strategica contro un'invasione di alieni succhiacervelli da oltre lo spaziotempo, che ci si aspetta arrivino in massa. Ci sono fin qui? – chiedo.

– Molto approssimativamente, sì – dice Andy.

– Okay. Per affrontare la minaccia aliena succhiacervelli, qualche innominato genio ha progettato di collegare insieme le telecamere a circuito chiuso che punteggiano la nostra verde e piacevole terra, unendole nell'emulazione software del cervello di un basilisco, e trasformandole in qualche tipo di onnipresente mortifera rete che uccide a vista. Quindi, anche se non conosciamo come in realtà funzioni l'effetto medusa, oltre al fatto che dipende da un certo tipo di strano effetto di quantum-tunneling mediato dall'osservazione, dal collasso della funzione delle onde cerebrali, bla bla bla, sappiamo che fa sì che circa l'uno per cento dei nuclei di carbonio nel corpo del bersaglio si trasformi automagicamente in silicio senza alcuna apparente immissione di energia. È esatto?

– Prendi un sigaro, Sherlock.

– Spiacente, fumo solo quando mi connetti alla rete. Merda. Okay, e così non è venuto in mente a nessuno che l'energia di quei nuclei di silicio deve venire *da* qualche luogo, da qualche altra parte nelle Dimensioni Dungeon… dannazione. Ma non è questo il punto, vero?

– Assolutamente no. Quando ci arrivi?

– Appena smettono di tremarmi le mani. Dunque, vediamo. Piuttosto che agire allo scoperto e rischiare di spaventare il gregge piazzando un raggio della morte a ogni angolo di strada, i nostri signori e padroni hanno deciso di muoversi al contrario, legiferando perché tutte le telecamere pubbliche siano in rete e facendovi installare delle back door per permettere che gli emulatori dei basilischi cacciatori di cervelli vi siano caricati al momento opportuno. Il che, diciamo la verità, fiscalmente è una scelta eccellente, in quest'epoca di outsourcing, società pubblico-private, appalti dei servizi e simili. Cioè, non puoi stipulare un'assicurazione se non installi telecamere antifurto, e poi qualcuno deve osservarle. Ergo, potresti pure appaltare il servizio a una compagnia di sicurezza con un centro operativo in rete, e i nazisti senza cervello del copyright dell'industria musicale stanno facendo una campagna per rendere obbligatoria l'installazione di un software governativo spia in ogni walkman, o telecamera, onde evitare che la registrazione domestica uccida Michael Jackson. Assolutamente brillante.

– È elegante, vero? Molto più sottile che starnazzare in giro di sottomarini a missili balistici. Ne abbiamo fatta di strada, dalla Guerra Fredda.

– Già. Eccetto che tu mi stai *anche* dicendo che qualche ragazzino vi ha scovato e coinvolto in un'azione su Milton Keynes. Probabilmente nell'errata convinzione di stare giocando a Missile Command.

– No comment.

– Ma Gesù Santo in giro per la città in cima a un pickup pieno di nastri di backup! Che genere di idiota pensi che io sia? Ascolta, la festa è finita. Qualcuno ha caricato il codice dello SCORPION STARE sulle telecamere per il controllo del traffico presso la rotonda di Monk's Road e trasformato Daisy in seicento libbre di manzo bollito con l'osso *a la basilisco*, e tutto quello che sai dire è *no comment*?

– Senti, Bob, penso che tu la stia prendendo troppo sul personale. Non posso fare commenti sull'incidente di Monk's Road perché tu sei ufficialmente il capo della squadra di indagine e io sono qui per fornirti appoggio e supporto, non per criticarti. Sto cercando di essere d'aiuto, okay?

– Scusa, scusa. Sono solo un po' sconvolto.

– Sì, be', se ti è di qualche consolazione vale anche per me. E per Angleton, che tu lo creda o no, ma essere "sconvolti" non ci porta da nessuna parte, e quello di cui abbiamo realmente bisogno è scovare i mezzi, il motivo e l'assassino di Daisy la Mucca in tempo per richiudere la porta della stalla. Ah, e possiamo escludere un intervento esterno. Le sequenze di istruzione di rete per Monk's Road sono su una dorsale intranet privata protetta da firewall da capo a piedi. Questo ti facilita le cose?

– No, merda! Ascolta, posso anche concordare con te in linea di principio, ma sono *ancora* sconvolto, Andy, e ti voglio dire... no, merda. Guarda, questo è incredibilmente insensato, e mi rendo conto di essere fin troppo in ritardo per dirlo, ma penso che l'intera idea della MAGINOT BLUE STARS sia fottutamente folle! Intendo folle come ululare alla luna con le mani coperte di peli. Non sapevano che l'unico computer inattaccabile è quello che gira con un sistema operativo sicuro, saldato dentro a una cassaforte d'acciaio, sepolto sotto a una tonnellata di cemento in fondo a una miniera di carbone protetto dalle forze speciali e da un paio di divisioni armate, e *spento*? Che cosa pensavano di *fare*?

– Difenderci dal CASE NIGHTMARE GREEN, Bob. E devo informarti che quella è la ragione per cui i Russi sono così decisi a ottenere che la navicella Energiya voli di nuovo, in modo da poter lanciare le loro stazioni di battaglia orbitali Polyus, e per cui gli Americani sono così preoccupati per le Rune di Al-Sabbah che stanno cercando di realizzare un software per la censura dei contenuti in ogni convertitore analogico-digitale del pianeta.

– Ce l'ho l'autorizzazione per il Caso dell'incubo Verde? O devo accettarlo per vero sulla fiducia?

– Credimi sulla fiducia, per ora, vedrò di riuscire

a farti avere l'autorizzazione più avanti in settimana. Mi dispiace, ma questo davvero… guarda, in questa situazione il fine giustifica i mezzi. Fidati di me.

– Merda. Mi serve un altro… no, ho già bevuto troppo caffè. Allora, che devo fare?

– Bene, la buona notizia è che ci siamo un po' più vicini. Sarai contento di sapere che abbiamo appena ordinato alla squadra contro i crimini informatici del West Yorkshire di andare a lanciare il programma di istruzioni e smantellare l'intera rete di telecamere del traffico di Milton Keynes e il centro operativo. Ufficialmente il motivo è la sospetta presenza di bombe a tempo collocate da un ex impiegato scontento – innocente, incidentalmente... ma la cosa ci permette di renderlo un caso di abuso informatico e di inviare in loco una squadra ragionevolmente agguerrita. Quest'ultima richiederà ufficialmente un supporto al CESG, che gli manderà un agente, e tu stai per diventare quell'agente. Voglio che perlustri la rete di telecamere e scopra come lo SCORPION STARE c'è entrato. Il che sarà più facile di quanto pensi, perché lo SCORPION STARE non è esattamente open source sul pianeta. O perlomeno in questo paese, ci sono solo due team di sviluppo autorizzati a lavorarci attorno di cui siamo a conoscenza, uno dei quali ha...sorpresa!... sede a Milton Keynes. Esattamente da questo momento sei autorizzato a pestare i piedi in giro e giocare all'ufficiale della Gestapo con i nostri migliori scienziati. È un potere di cui ho fiducia non abuserai senza buoni motivi.

– Grande! Mi sono sempre immaginato di come starei bene con un lungo trench di pelle nera. Che ne penserà Mo?

– Che quando fai il cattivo sei all'altezza della parte. Te la senti?

– Come cavolo faccio a dirti di no, se la metti in questo modo?

– Sono felice che tu capisca. Ora, hai qualche altra domanda da farmi prima di concludere qui e mandare la registrazione ai revisori?

– Sì, una domanda: Perché io?

– Perché… bene! Hmm... Immagino perché tu ci sei già dentro, Bob. E possiedi una miscela di qualità abbastanza unica. Tu non consideri che non abbiamo molti agenti qualificati per il lavoro sul campo, e che la maggior parte di quelli che abbiamo sono della vecchia scuola, modello rune e cerchio di distruzione di negromanti. Non capiscono queste moderne baracconate tipo internet come te. E tu hai già fatto esperienza con le armi dei basilischi, o pensavi che fornissimo certe cose come fossero tubetti di dentifricio? Così, piuttosto che trovare qualcuno meno esperto del settore, tu ci sei proprio sembrato l'uomo giusto che sapeva a sufficienza e che abbiamo giudicato… appropriato!

– Acc… grazie. Dormirò molto meglio stanotte sapendo che non potevate trovare nessuno di più adatto di me. Stiamo raschiando il fondo, vero?

– Se solo sapessi… se solo sapessi.

Il mattino seguente mi mettono sul treno per Cheltenham – seconda classe naturalmente – per andare a visitare un ampio complesso di uffici, (che appare su tutte le mappe come uno spazio vuoto, giusto nel caso in cui i russi non abbiano notato le fattorie che sul retro coltivano dischi satellitari).

Trascorro una mezz'ora molto sgradevole a farmi controllare da una coppia di Rottweiler in completo blu che lavorano sul presupposto che chiunque non sia conosciuto come un infiltrato comunista della Nord Corea sia da considerarsi un pericoloso rischio non classificato per la sicurezza. Mi perquisiscono, mi fanno fare pipì in un contenitore e mi fanno depositare il palmare all'agente della sicurezza. Però quando gli dico che il sacchetto dalla catena d'argento con una zampa di piccione mummificata che ho al collo ha un valore religioso, non la toccano.

Idioti.

Fuori piove e c'è vento, così non ho obiezioni quando mi invitano velocemente in una sala riunioni al terzo piano di un'ala isolata e mi offrono un caffé istituzionale dello stesso colore beige del tappeto dell'ufficio.

Le successive quattro ore trascorrono in riunione con Kevin, Robin, Jane e Phil, che a turno mi spiegano ciò che ci si aspetta da un agente operativo anziano del GCHQ, l'agenzia governativa per le comunicazioni, distaccato per operare sul campo.

Parliamo in termini di mantenimento della sicurezza, richiesta di sostegno, relazione di problemi e compilazione dei duecentodiciassette diversi formulari che gli agenti operativi senior sono apparentemente assunti apposta per compilare. Può darsi che la Lavanderia abbia una sovrabbondanza di burocrazia e una mania per i certificati ISO-9000, ma il GCHQ è persino peggio, con bizzarre versioni dei certificati di assicurazione di qualità BS5 720 applicati a ogni procedura nel tentativo di assicurarsi che il Ministero degli Interni conosca in tempo quasi reale anche il numero delle graffette fermafogli, nel caso in cui gli fosse richiesto in Parlamento dalla leale opposizione di Sua Maestà.

D'altra parte, hanno uno stanziamento di bilancio molto maggiore del nostro e tutto quello di cui si devono occupare è leggere le e-mail altrui, senza preoccuparsi di non farsi risucchiare l'anima da orrende cose tentacolari provenienti dall'altro lato dell'universo.

– Ah, e... davvero, dovresti indossare la cravatta quando ci rappresenti in pubblico – aggiunge Phil in tono di scusa, al termine del discorso.

– E farti fare un taglio di capelli – aggiunge Jane con un sorriso.

Bastardi.

I diavoletti delle Risorse Umane mi trovano alloggio in un bed & breakfast gestito da una distinta coppia di anziani conservatori sociopatici, tali signor e signora MacBride. Lui è calvo, si trascina attorno in ciabatte e legge il *Telegraph* borbottando oscuramente della necessità di usare la pena capitale per risolvere il problema dei finti rifugiati politici; lei porta occhiali dalla montatura di corno e un'acconciatura dimenticata dal tempo.

I corridoi sono tappezzati con una carta stampata disgustosa e l'intero luogo puzza di naftalina; l'unico sintomo del ventunesimo secolo è una brutta ed economica webcam sulla scala all'ingresso.

Cerco di non rabbrividire mentre mi trascino alla mia stanza al piano di sopra e barrico la porta prima di sistemarmi per la telefonata serale a Mo e per una partita a Civ sul mio palmare (che ho recuperato dalla Sicurezza all'uscita).

– Potrebbe andar peggio – mi consola Mo, – almeno il tuo padrone di casa non ha le branchie e la pelle verdognola.

Il mattino seguente mi faccio strada sgomitando su uno dei primi treni per Londra, dibattendomi nel trambusto dell'ora di punta, e in qualche modo riesco a intrufolarmi in un sedile sul treno per Milton Keynes; è pieno di tedeschi con zaini e abiti luccicanti e di uomini d'affari irritati sulla via dell'aeroporto di Luton, ma io scendo prima e acchiappo un taxi per la stazione di polizia.

"*There is nothing better in life than drawing on the sole of your slipper with a biro instead of going to the pub on a Saturday night*", canta lamentosamente il solista degli Half Man Half Biscuit nel mio iPod, e sono propenso a essere d'accordo, considerando che i sabato sera al pub sono funzionalmente equivalenti agli umidi giovedì mattina alla stazione di polizia.

– È disponibile l'ispettore Sullivan? – chiedo al banco all'ingresso.

– Un momento. – L'agente baffuto esamina attentamente la mia autorizzazione, mi lancia un'occhiata malevola, come aspettandosi che io crolli e confessi all'istante una serie di furti irrisolti, poi si gira e si dirige quietamente dietro l'angolo nel rumoroso ufficio sul retro.

Ho appena il tempo di leggere per la seconda volta il più surreale manifesto per la prevenzione del crimine ("I tuoi vicini sono rettili cacciatori di volpi del pianeta degli stivali verdi? Denunciali qui, senza spese a tuo carico!") quando la porta si apre di botto e una donna dall'aspetto determinato e la divisa grigia irrompe. Somiglia a come potrebbe essere Annie Lennox se si fosse arruolata, si fosse ritoccata una o due volte e avesse mangiato un curry veramente inaffidabile la notte precedente.

– Okay, chi è il burlone? – chiede lei. – Tu! – Un dito ossuto punta su di me. – Tu sei del… – vede la mia autorizzazione – oh merda – e lancia un urlo alle sue spalle. – Jeffries, *Jeffries*, tu dannato bastardo, m'hai incastrato! Ma che me la prendo a fare. – Girandosi verso di me, ricomincia. – Tu sei il ficcanaso che mi ha tirato fuori dal letto l'altro ieri dopo un turno di notte? È *tuo* questo casino?

Faccio un respiro profondo. – Mio e tuo. Sono giusto di ritorno da... – mi schiarisco al voce – e ho l'ordine di trovare un certo ispettore J. Sullivan e trascinarlo in una sala interrogatori. – Incrocio mentalmente le dita. – Per cosa sta la "J"?

– Josephine. E si tratta di ispettore *investigativo*, già che siamo sull'argomento. – Solleva il divisorio. – Faresti meglio a entrare allora. – Josephine sembra stanca e infastidita. – Dov'è l'altro tuo documento?

– L'altro mio… Oh. – Mi stringo nelle spalle.

Non li ostentiamo troppo in giro; se uno andasse perduto sarebbe un disastro. Chiunque lo trovasse violerebbe la Terza Sezione, come minimo. Per non parlare del pericolo per la sua anima immortale.

– Va tutto bene, ho firmato la Sezione, col sangue.

Lei solleva un sopracciglio verso di me.

– Paragrafo due? – chiedo, tanto per assicurarmi che non stia bluffando.

Lei scuote la testa. – No, paragrafo tre.

– "Entra, amico"– e allora lascio che veda l'autorizzazione com'è realmente, incluso il modo in cui ti arriva alla testa e contorce le cose così che ti viene da vomitare al solo pensiero di sindacarne la validità. – Soddisfatta?

Si limita ad annuire: di sicuro una cliente difficile. Il guaio con la Terza Sezione dell'Official Secret Act è che è un reato sapere che esiste senza averlo firmato – col sangue. Così, anche se in teoria noi firmatari siamo autorizzati a parlare di argomenti tanto supersegreti riguardanti la sicurezza nazionale, (come l'orario dei turni al carrello del tè alla Lavanderia), in pratica siamo incapaci di toccare l'argomento direttamente. Dovremmo affidarci a presentazioni dirette, ma è un'abitudine che si perde in fretta, in questo campo. È un po' come per le pecore lesbiche, che non sanno come riconoscersi a vicenda; mentre le normali pecore femmine mostrano la loro eccitazione sessuale guardandosi attorno in attesa di essere montate, per le altre è difficile comprendere se qualcun'altra è... Be', capitemi. *Autorizzata.*

– Andiamo, possiamo prenderci una tazza di caffè, intanto –aggiunge lei, in tono meno ostile.

Cinque minuti dopo siamo seduti con un blocchetto per appunti, un telefono e un registratore a nastro tanto antiquato che Smiley probabilmente lo usava per i rapporti di Karla, all'epoca in cui gli uomini erano veri uomini e le pecore lesbiche erano timorose.

– È meglio che questa faccenda sia importante – si lamenta Josephine, premendo ripetutamente sul suo Nescafè nero un dispenser di dolcificante spaventosamente high-tech. – Al momento ho a che fare con uno scassinatore recidivo, due stupri, una serie di furti d'auto e un rompiballe fantasma che continua a irrompere nei grandi magazzini. Oltre a un mucchio di smanettoni del West Yorkshire che stanno facendo un qualche tipo di verifica informatica. Colpa tua, credo. In questo momento ho bisogno di impantanarmi in immondizia alla *X-Files* tanto quanto ho bisogno di un buco nella testa.

– Oh, è certamente importante. E spero di togliertela dalla scrivania il prima possibile. Solo, vorrei prima mettere in chiaro alcune cose.

– Hmm... Allora, che ti serve sapere? Quest'anno abbiamo avuto solo due avvistamenti di piattini volanti e sei sequestri alieni, finora. – Alza un sopracciglio, le braccia incrociate e le spalle in posizione leggermente difensiva. (Chi l'avrebbe detto? Essere intervistata da un'autorità superiore mette l'ispettore femmina alfa del branco sulla difensiva.)

– Non è che abbia tutto il giorno a disposizione: a mezzogiorno sono attesa per una riunione informativa su un caso, e devo andare a prendere mio figlio a scuola alle quattro.

Ripensandoci, forse *è* davvero impegnata. – Per cominciare, hai avuto qualche testimonianza diretta o registrazioni dai video a circuito chiuso della scena? E hai identificato la mucca e scoperto com'è finita là?

– Nessun testimone oculare, almeno fino alle tre, quando Vernon Thwaite ha portato a passeggio il diarroico barboncino della sua ragazza. – Fa una smorfia, che per un momento increspa e rende visibile la cicatrice che ha sulla fronte. – Se vuoi possiamo esaminare i rapporti della squadra. Presumo che sia stato questo a farti venire qui, vero?

– Sì, potresti metterla così. – Affondo un economico cucchiaino IKEA nel mio caffè e dopo alcuni secondi controllo cautamente che il metallo non si stia corrodendo. – Gli elicotteri mi danno il mal d'aria. Specialmente dopo una nottata fuori e quando io mi aspettavo una mattina di riposo. – Sta quasi per sorridere, prima di ricordarsi di essere ufficialmente irritata con me.

– Okay, allora nessun rapporto precedente. Che altro?

– Nessuna registrazione – dice lei, appiattendo le mani sul piano del tavolo ai due lati della tazza ed esaminandosi le cuticole delle unghie. – Niente. Un momento è zero, zero, ventisei, quello seguente è zero, sette, quattordici. Numeri da imprimerti a memoria nel cuore. Dennis, il secchione informatico del nostro dipartimento, era più agitato per via di MKSG... sono i partner a cui abbiamo dato in outsourcing il settore della sorveglianza regionale.

– Zero, zero, ventisei a zero, sette e quattordici – le faccio eco io, mentre le inserisco sul mio palmare. – MKSG. Va bene, questo è utile.

– Lo è? – inclina la testa da un lato e mi fissa come se fossi una mosca atterrata nel suo caffè.

– Sì. – Annuisco, poi mi dico che sarebbe davvero stupido irritarla senza una buona ragione. – Mi dispiace. Quello che posso dirti è che sono interessato a qualunque cosa sia successa alla telecamera tanto quanto sono interessato alla mucca. Se senti qualcosa su di loro, specialmente se sono vittima di qualche manomissione, mi piacerebbe esserne informato. Ma nel frattempo torniamo a Daisy. Sai da dove viene?

– Sì. – Non sorride, ma le sue spalle si rilassano leggermente. – In effetti, è il numero due-sei-tre dell'Emmer-Moore Ltd, uno stabilimento di latticini appena fuori Dunstable. O, piuttosto, era il duesei-tre fino a tre giorni fa. Stava invecchiando, così l'hanno venduta a un mattatoio locale insieme a un'accozzaglia di sette altre mucche. Ho seguito le tracce delle altre sette, e potrebbero farsi vive nel tuo McHappy McMeal in qualunque momento del prossimo mese. Ma non Daisy. Pare che un agricoltore di passaggio in una Range Rover con un traino dietro sia capitato lì per caso e abbia chiesto di acquistarla. Poi l'ha trasportata via perché se ne occupasse il suo macellaio di fiducia. Aha!

«E se credi a questo, allora posso venderti anche un ponte. – Prende una sorsata di caffè, trasalisce, e lo mitraglia di nuovo col suo dolcificante. Rispondendo automaticamente ne provo anch'io una sorsata e mi scotto la lingua. – Salta fuori che non c'è nessun agricoltore registrato. Bada, avevano una telecamera sul loro recinto e abbiamo inchiodato la Range Rover. È ricomparsa abbandonata il giorno successivo nei dintorni di Leighton Buzzard ed è segnalata come rubata su HOLMES2, il sistema informatico usato dalla polizia. Proprio ora è abbandonata nel parco macchine giù per la strada; l'hanno affumicata per le impronte ma è risultata pulita e non abbiamo abbastanza denaro per mandare una squadra della scientifica a fare un'analisi su ogni auto rubata in cui ci imbattiamo. *Comunque*, se mi prometti un budget per sistemare i conti con il mio capo, vedrò cosa mettere insieme.

– Quello può non essere necessario, abbiamo noi i modi e i mezzi. Ma puoi procurarmi qualcuno che mi accompagni laggiù? Rileverò qualche dato e mi toglierò dai piedi, eccetto che per la faccenda di Daisy. Che copertura state usando per la cosa?

– Oh, troveremo qualcosa. Per ora è catalogata sotto la "F" di Fottuto Fenomeno, ma stavo pensando di annunciare che si è trattato solo di una vecchia bestia abbandonata illegalmente da un allevatore che non voleva pagare per il macello.

– Suona abbastanza bene. – Annuisco lentamente. – Ora, vorrei fare un gioco di associazione di parole con te. Okay? Dieci secondi. Quando io pronuncio le parole, dimmi a cosa ti fanno pensare. Capito? – Lei sembra sconcertata.

– Ascolta. Case-Nightmare-Green-Scorpion-Stare-Maginot-Blue-Stars. Con l'autorità conferitami dagli emissari di Y'ghonzzh N'hai ho il potere di legare e liberare, e che la tua bocca sia cucita sugli argomenti di cui abbiamo parlato finché non udrai di nuovo pronunciare queste parole: Case-Nightmare-Green-Scorpion-Stare-Maginot-Blue-Stars. Afferrato?

Mi guarda con gli occhi incrociati e mormora qualcosa, poi sembra sempre più arrabbiata; alla fine si ricompone quanto basta per esplodere con: – Ehi, cos'*è* questa merda?

– Puramente una precauzione – dico io, e lei mi guarda con occhio torvo, inghiottendo a vuoto per un momento mentre finisco il mio caffè, finché capisce che semplicemente non può dire una parola sull'argomento. – Bene. Ora hai il mio permesso di annunciare che la mucca è stata abbandonata. Hai il mio permesso di parlare liberamente con me, ma con nessun altro. Se qualcuno ti fa qualche domanda, mandali direttamente da me, se non accettano un no come risposta. Questo vale anche per il tuo capo. Sentiti libera di dire che non gli puoi dire nulla, niente di più.

– Mezza sega – sibila, e se uno sguardo potesse uccidere sarei un mucchietto di ceneri fumanti sul pavimento della stanza.

– Ehi, anche *io* sono sotto una maledizione. Se non la diffondo la mia testa esploderà.

Non so se mi crede o no, ma smette di combattere e annuisce stancamente.

– Dimmi cosa diavolo vuoi, poi sparisci in fretta dalla mia vista.

– Voglio un passaggio per il deposito delle auto. La possibilità di sedermi dietro al volante di quella Range Rover. Voglio un libro di poesie, una bottiglia di vino, un programma di appuntamenti. Puoi organizzare la cosa?

Si alza. – Ti porterò là io stessa – dice concisamente. Andiamo.

Prima di arrivare al deposito devo sopportare venti minuti di venefico silenzio sul sedile posteriore di un'auto della polizia senza contrassegni, guidata da un certo agente Routledge, mentre l'ispettore investigativo Sullivan dal sedile anteriore mi tratta con il calore riservato a un serial killer.

A questo punto sono ben oltre la semplice disistima per me stesso. La si perde velocemente in questo genere di lavoro, e Angleton userebbe la mia testa come gancio del portachiavi se non mi preoccupassi di tacitare ogni possibile fuga di notizie; senza contare che un sortilegio per imbavagliare la parola è più pietoso della maggior parte degli strumenti a mia disposizione. Però mi sento ugualmente una merda.

Ecco perché è un gran sollievo uscire dall'auto e

sgranchirmi le gambe sul ghiaietto melmoso del parcheggio, sotto una pioggia battente.

– Allora, dov'è l'auto? – chiedo innocentemente.

Josephine mi ignora e si rivolge all'autista. – Bill, dovresti puntare su Bletchley Way e ritirare la borsa delle prove di Dougal per il caso Hayes. Poi torna a recuperarci. – Quindi, rivolta alla guardia di sicurezza: – Tu, stiamo cercando la BY 476 ERB arrivata ieri, Range Rover. Dov'è?

L'annoiato gorilla della sicurezza ci guida attraverso il fango e un dedalo di auto con adesivi REPERTO DI POLIZIA appiccicati ai parabrezza, poi indica una fila mezza vuota.

– È quella? – chiede Josephine, e lui le passa una serie di chiavi. – Okay, puoi sparire ora.

L'uomo lancia un'occhiata alla sua faccia e batte in rapida ritirata. Io ho una mezza idea di unirmi a lui.

Che sia o meno un ispettore investigativo, e quindi tenuta a comportarsi in pubblico con la gravità di un ufficiale superiore, la Sullivan sembra dell'umore adatto per staccare la testa a morsi a una gallina (o agli agenti della Lavanderia) al minimo pretesto.

– Bene, è quella – dice, scuotendo le chiavi verso di me con impazienza. – Sei a posto, presumo, quindi io prendo il largo. Riunioni su casi vari da condurre, mistero del pisciatore del centro commerciale da indagare, e così via, ricordi?

– Non così in fretta. – Mi guardo intorno. Il deposito è circondato da un'alta recinzione metallica e c'è un decrepito ufficio prefabbricato aperto vicino al cancello: dal tetto spunta un palo, e su di esso c'è una telecamera fissata a un supporto mobile. – Chi c'è all'altro lato di quello?

– La guardia al cancello, probabilmente – dice, seguendo con lo sguardo il mio dito.

La telecamera sta fissando l'ingresso, immobile.

– Okay, perché non apri l'auto? – Lei fa scattare il telecomando per sbloccare lo sportello e io tengo gli occhi fissi sulla telecamera mentre afferra la maniglia e tira.

È possibile che mi sbagli? mi domando, mentre la pioggia mi sgocciola giù per il collo. Mi scuoto quando noto che Josephine mi fissa, poi estraggo il mio palmare, mi arrampico sul sedile del guidatore, e appoggio il piccolo computer sulla leva del cambio e digito una serie di comandi. Quello che vedo mi fa scuotere la testa.

Chiunque abbia rubato l'auto può aver ripulito le impronte ma non sapeva molto di occultamento paranormale – non hanno usato il sudario di un suicida, o fatto guidare un paranoie schizofrenico. Lo scanner è sensibile ai pesanti echi emozionali, e le mani che sto cercando sono le più recenti a essersi agghiacciate per il terrore e la paura di poter essere scoperti.

Registro tutto e metto via, e sto per aprire il cassetto del cruscotto quando qualcosa mi spinge a dare un'occhiata alla strada principale oltre la recinzione di rete metallica e...

– *Attenta! Esci!* – Salto fuori e mi butto a terra. Josephine sta lì a guardarsi attorno, così la tiro giù per le caviglie. Lei strilla, cade pesantemente sul dorso e cerca di darmi un calcio, poi c'è un fragoroso *whump* alle mie spalle e un'ondata di calore che sembra provenire da una fornace aperta.

– Merda, fottutissima merda.

Mi ci vuole un momento per capire che la persona che sta imprecando sono io mentre annaspo alla gola cercando la borsa che ho al collo. La apro a strattoni, tentando disperatamente di afferrare nello stesso tempo il piccolo artiglio e l'accendino usa-e-getta, poi qualcosa di simile a una mazza mi colpisce all'interno della coscia destra.

– *Bastardo…!*

– Fermati – annaspo, proprio mentre l'aspro odore dei vapori di petrolio mi raggiunge e sento un rimbombo scoppiettante. Riesco ad accendere l'unghia di piccione in una puzza di cheratina bruciata e un'incandescenza soprannaturale, quasi facendomela addosso dal terrore mentre mi giro, sdraiato in una pozza fredda e umida. – *Non muoverti!*

– Bastardo! Cosa... ehi, cosa sta bruciando?

– Non muoverti, – rimango di nuovo senza fiato, sollevando la Mano di Gloria miniaturizzata. La telecamera del traffico nella strada oltre la recinzione sta guardandosi intorno come se le fossero cadute le lenti a contatto, ma quella sul palo sopra l'ufficio è bloccata proprio sulla gomma in fiamme della Range Rover. – Se lasci andare la mia mano ti vedranno e ti uccideranno *oh merda...*

– Uccidere... *cosa?* – mi fissa, bianca in volto.

– Te! Riparati!

Strillo attraverso il deposito, ma il tipo in abito blu – il sorvegliante – non mi sente. Un secondo prima stava correndo attraverso il parcheggio tanto velocemente quanto glielo permetteva il suo grasso didietro, il momento successivo ruzzola in avanti, annerendosi, mentre lingue di fiamme gli escono da occhi e bocca. Poi si blocca mentre le braccia si staccano rotolando via, e il tronco carbonizzato scivola sul terreno.

– Oh merda, oh merda! – L'espressione di Josephine cambia da un secondo all'altro, dall'incredulità al nascente orrore. – Dobbiamo aiutare...

– *No!* Stai giù! – Lei si congela sul posto per il tempo di una pulsazione, poi per una seconda. Quando apre di nuovo la bocca è innaturalmente fredda. – Che cosa sta succedendo?

– Le telecamere – ansimo. – Ascolta, questa è una Mano di Gloria, uno scudo dell'invisibilità. In questo momento è tutto quello che ci sta mantenendo vivi. Quelle telecamere stanno trasmettendo SCORPION STARE. Se ci vedono siamo morti.

– Ma sei... l'auto? Cosa le è successo?

– Pneumatici. Sono di carbonio, gomma. SCORPION STARE funziona con qualsiasi cosa contenga molecole di carbonio a catena lunga, come pneumatici, o mucche. Le fa incendiare.

– Oh, santa zia e santo padre...

– Tienimi la mano. Contatto pelle con pelle. Non così forte. Abbiamo forse tre, quattro minuti prima che questa Mano bruci completamente. Bastardi, *bastardi*. Ce l'hanno fatta a prendere il centro di controllo.

Il minuto successivo è un incubo incespicante di male pungente alle ginocchia – dove sono caduto di peso – e alla coscia che Josephine ha preso selvaggiamente a calci. Sento i jeans intrisi di fredda umidità, e sul collo la pelle bruciante del calore della pira dove stavo seduto solo qualche secondo prima. Lei si aggrappa alla mia mano sinistra come a un salvavita – sì, lo è, fino a che la Mano continua a bruciare – e barcolliamo, trascinandoci il più velocemente possibile verso l'ufficio prefabbricato vicino all'ingresso.

– Dentro – ansima lei, – non può vedere dentro.

– Sì? – Quasi mi trascina di peso all'entrata, dove troviamo la porta aperta, non bloccata. – Possiamo andarcene girando intorno dall'altro lato?

– Non penso – mi indica oltre l'edificio. – C'è una scuola.

– Oh Cristo!

Siamo dall'altro lato del deposito rispetto alla telecamera del traffico, ma c'è un'altra telecamera sotto i cornicioni della scuola, sul lato opposto della strada rispetto al cancello d'acciaio d'accesso, ed è una buona cosa che i bambini siano tutti in aula perché quello che sta succedendo è l'incubo di ogni insegnante. E dobbiamo aggiustare la faccenda il prima possibile, perché se suona la campana del pranzo…

– Per prima cosa dobbiamo togliere energia alla telecamera sul tetto – le dico, – poi dobbiamo escogitare il modo di andarcene.

– Che cosa sta succedendo? Cosa *ha fatto* tutto questo? – Boccheggia come un pesce fuori acqua.

– Case-Nightmare-Green-Scorpion-Stare-Blue-Stars la lingua ti si sciolga. Okay, parliamone. Stimo che abbiamo circa due tre minuti per sistemare la cosa prima che...

– Tutto questo è stato pre-organizzato?

– Non lo so ancora. Senti, come faccio a salire sul tetto?

– Non è un lucernario quello? – chiede lei, indicandolo.

– Sì. – Essendo chi sono, porto sempre con me un Leatheman multiuso, così lo estraggo e mi guardo intorno cercando una sedia da poter mettere sul piano della scrivania e che mi sorregga. Che non abbia ruote e meccanismo a pompa idraulica. – Cerca una sedia per...

Dirò solo questo: l'addestramento da ispettore ovviamente ti mette in grado di escogitare come salire in fretta su un tetto. Josephine si limita a raggiungere la scala a pioli annidata in un angolo tra il muro e un archivio e la tira fuori. – Stavi cercando questa?

– Sì. Grazie. – Me la passa e io ci armeggio un poco, tentando di immaginare come alzarla, manipolando il multiuso, tenendo il piede di piccione mezzo consumato e guardando la scala dubbiosamente.

– Dammeli – dice lei.

– Ma...

– Ascolta, *sono io* quella che ha a che fare con vandali idioti che si arrampicano su tetti incatramati cercando lucernari rotti, okay? Dai un'occhiata alla porta: se faccio un casino tu puoi sempre telefonare al tuo capo per fargli sapere cosa sta succedendo.

– Già – mormoro. Le porgo l'aggeggio e tengo salda la scala mentre lei ci si arrampica come un acrobata da circo.

Un momento dopo sento un rumore, come quello che farebbe un branco di elefantini che calpestano il tetto, mentre lei si inerpica verso il sostegno della telecamera. La telecamera può anche essere piazzata su una piattaforma mobile, ma c'è un limite a quanto possa inclinarsi e chiaramente lei è proprio sotto l'azimuth della piattaforma, almeno finché è invisibile sia alla telecamera del traffico sul retro, sia al monitor del cortile scolastico sul davanti.

Sento altri scuotimenti, poi un forte schiocco e le luci dell'ufficio si spengono.

Un secondo più tardi riappare, piedi avanti, attraverso l'apertura. – Bene, questo dovrebbe funzionare, ho tagliato l'energia alla piattaforma. Ehi, le luci...

– Penso che tu abbia tagliato un po' più di quello che era necessario. – Tengo la scala mentre scende. – Ora che l'abbiamo immobilizzata, vediamo se riusciamo a trovare il chi o cosa la controllava.

Una veloce indagine della baracca rivela un mucchio di roba interessante che non mi aspettavo di trovare, come una linea ADSL collegata all'hub della polizia locale, un pc con un qualche tipo di emulatore di terminale, e un monitor che mostra in tempo reale varie immagini riprese dalle telecamere.

Li avrei baciati: possono anche aver dato la sorveglianza in outsourcing a ditte private, ma hanno tenuto tutto l'hardware sulla stessa dorsale di rete. È tutto un lampeggiare di spie e un suonare di allarmi perché tutto sta andando con la batteria di emergenza, ma è anche tutto in ordine.

Tiro fuori un dispositivo diagnostico e traffico sotto una scrivania finché riesco a connettere il mio palmare per analizzare i pacchetti di rete. Giusto un attimo dopo, il palmare lampeggia con buona pace dei firewall che dovrebbero proteggere tutto il sistema. Mi stacco e riemergo da sotto alla scrivania, poi faccio passare le varie centinaia di schermate di chiacchiere burocratiche non crittate che il palmare ha scaricato.

– Questo ha l'aria promettente. Uhm, non uscirei ancora, ma credo che andrà tutto bene.

– Spiega anche a me. – Josephine è circa dieci centimetri più bassa di me, ma mi rendo improvvisamente conto che divido l'ufficio con un furioso, bagnato ispettore che è probabilmente cintura nera di qualcosa di letale e che è proprio sul punto di perdere il controllo. – Tu hai circa dieci secondi da *adesso* per dirmi ogni cosa. O chiamerò rinforzi e, documenti d'autorizzazione o no, finirai in cella finché non otterrò qualche risposta. Chiaro?

– Mi arrendo. – Non è vero, non lo faccio, ma indico il mio palmare. – Questo è un buon poliziotto, capo. Guarda, qualcuno è stato fin troppo bravo, qui. Voglio dire, la webcam ha un server integrato ed è connessa alla intranet della polizia con una connessione veloce. Ogni dieci secondi un programma al quartiere generale interroga la telecamera e scarica l'ultima immagine disponibile. Fin qui mi segui? Questo in aggiunta a qualunque cosa il tizio di sotto ti dica di guardare. In ogni modo, qualcuno ha appena mandato una richiesta HTTP con attaccato un file di dimensioni mostruose, e non credo che il vostro dipartimento IT abbia l'abitudine di usare una scuola elementare coreana come proxy server. E un firewall compromesso, in aggiunta. Fantastico! Le vostre webcam sono state hackerate da un ragazzino con uno stupidissimo script, ma chiunque sia questa gente, non è affatto intelligente come crede di essere, o altrimenti avrebbe rimosso i fottuti hader del cazzutissimo referrer, non credi? – Mi fermo e mi assicuro di aver salvato il log in un posto sicuro e, per buona misura, me lo spedisco all'indirizzo mail di lavoro.

– Bene. Adesso conosco il loro indirizzo IP ed è ora di localizzarli. – È un lavoro da circa trenta secondi risalire a un account dial-up su uno dei grandi internet provider gratuiti nazionali – uno di quelli anonimi. – Hmm. Se vuoi essere d'aiuto, procurarmi un'autorizzazione S22 per avere il numero di telefono che sta dietro a questo account. Poi potremmo persuadere la compagnia telefonica a dirci l'indirizzo, far loro visita e chiedergli perché hanno ucciso il nostro amico con il mazzo di chiavi.

Le mani mi tremano per il carico di adrenalina e sto cominciando a sentirmi arrabbiato; non la solita incazzatura da tutti i giorni, ma il genere di furore vero e brutale che chiede vendetta.

– Ucciso? Oh! – Josephine apre la porta e guarda fuori: impallidisce ma non si lascia andare. Una donna in gamba.

– È SCORPION STARE. Per prima cosa ottieni l'autorizzazione S22, questa è una fottuta indagine su un omicidio, ora, non è vero? Poi andremo a fargli una visita. Ma dobbiamo fare in modo che sembri accidentale, o la stampa verrà a ficcare il naso ovunque e noi non riusciremo a ottenere nulla.

Prendo nota del nome dell'host mentre lei chiama con il cellulare la sede.

Le prime sirene incominciano a gemere ancora prima che lei raccolga la mia nota e chiami per avere sul posto una squadra medica.

Me ne resto seduto con la mente che turbina, fissando la porta e contemplando il caos.

– Di' all'equipaggio dell'ambulanza che è stato un fulmine – dico quando mi coglie il pensiero. – Tu ci sei già dentro fino alle orecchie, non è necessario coinvolgere altri. – Poi il mio telefono squilla.

Alla fine non facciamo visita a nessun hacker assassino, ma di fronte al parcheggio delle auto ci sono teli di plastica bianca da scena del crimine, un fotografo e un paio di tizi della scientifica appena giunti.

Josephine, che ha trovato qualcosa di più pressante su cui ossessionarsi, piuttosto che continuare a rompermi le palle, è impegnata a dirigere i lavori.

Io sono immerso nella lettura di un sacco di schermate di tcpdump nella sala di controllo quando la stessa auto non contrassegnata che ci aveva lasciato lì, arriva con l'agente Routledge al volante e un passeggero molto inaspettato sul sedile posteriore. Lo guardo a bocca aperta mentre esce dalla macchina e si avvicina alla baracca.

– E questo chi è? – mi chiede Josephine infilando la testa attraverso la finestra.

Apro la porta. – Salve capo. Capo, lei è l'ispettore Sullivan. Josephine, questo è il mio capo. – Poi mi rivolgo a lui. – Vuoi entrare e sederti?

Andy le fa un cenno distratto col capo. – Sono Andy. Bob, ora ragguagliami. – Le lancia un'altra occhiata, mentre Josephine si unisce a noi e si chiude la porta alle spalle. – Bob, sei sicuro che lei…

– Tanto sa già anche troppo. – Comunque scrollo le spalle e le chiedo: – Be'? Questa sarebbe la tua chance per uscirne.

– Si fotta. – Josephine guarda in cagnesco prima me poi Andy. – Due giorni fa era un bizzarro incidente a una mucca, oggi è un'indagine su un omicidio. Confido che non vogliate proseguire in crescendo, visto che atti terroristici e armi biologiche sono un pochino fuori dalle mie possibilità. E vorrei delle risposte, se non vi dispiace.

– Okay, le avrà – la tranquillizza Andy, mite. Poi, rivolto a me: – Va bene, inizia a parlare.

– È stato dichiarato un codice blu alle tre e mezzo dell'altro ieri. Sono volato a dare un'occhiata, ho trovato una mucca uccisa da uno SCORPION STARE, a meno che non ci sia un basilisco libero a spasso per Milton Keynes, e ieri ho raggiunto i nostri amici per un briefing a Cheltenham, dove mi sono fermato per la notte.

«Sono arrivato qui stamattina. La mucca era stata acquistata da un mattatoio e portata sulla scena da un rimorchio trainato da una macchina rubata, che è stata poi abbandonata e successivamente portata in questo parcheggio.

«L'ispettore Sullivan, di livello esterno due, nessuna autorizzazione, è il nostro collegamento con la polizia. Lei mi ha accompagnato qui.

«Ho condotto un test cutaneo, e proprio allora qualcuno ha colpito la macchina; siamo stati fortunati a uscirne vivi. Ho beccato una camera che credo risulterà avere SCORPION STARE caricato sul firmware e ho individuato dei pacchetti di rete provenienti da una macchina di cui è stata violata la sicurezza. Ho messo sotto controllo la rete interna, l'ho riempita di firewall, il tutto hackerato tramite qualche vile piccolo sfigato che ha usato il server di una scuola elementare in Corea del Sud.

«Stavamo per metterci a caccia dell'intruso, questa volta nel mondo reale, non via internet, e fare qualche arguta e interessante riflessione, quando sei arrivato tu. – Sbadiglio, e Andy mi guarda in modo strano.

A volte il troppo stress mi rende stanco, e negli ultimi giorni sono andato avanti a forza di nervi.

– Va bene. Nel frattempo c'è stato un nuovo sviluppo – annuncia Andy grattandosi una guancia pensierosamente.

– Nuovo sviluppo? – Gli faccio eco io.
– Sì. Abbiamo ricevuto una lettera di ricatto.
Cazzo, per forza ha lo sguardo un po' vitreo, deve essere sotto shock.
– *Ricatto?* Cosa stanno…
– È arrivata via mail. Chiunque l'abbia scritta sa di MAGINOT BLUE STARS e desidera farci sapere che disapprova, specialmente in merito a SCORPION STARE. Nessun indizio che suggerisca che sappiano di CASE NIGHTMARE GREEN, comunque. Ci danno tre giorni per cancellare l'intero progetto o lo renderanno pubblico, cito da testo, "nel modo più pubblico immaginabile", fine citazione.
– Merda!
– Roba marrone e puzzolente, già. Angleton è scontento – Andy scuote la testa. – Abbiamo seguito il messaggio a ritroso fino a una macchina dial-up in Inghilterra…
– Questa qui? – chiedo io sventolandogli davanti agli occhi un pezzo di carta. Lui lo guarda strizzando le palpebre. – Abbiamo fatto fare un giro di danza all'S22, ma non serve, hanno usato una SIM prepagata comprata in contanti in un supermercato di Birmingham tre mesi fa. Il meglio che abbiamo potuto fare è stato rintracciare il mittente da qualche parte nel centro di Milton Keynes.
Andy lancia un'occhiata a Josephine. – L'hai arruolata?
– Ascoltate – interrompe lei con calma e molta intensità. – Prima di tutto, sembra che questa sia un'indagine su un omicidio, e ora c'è anche un ricatto a danno di un dipartimento governativo. E in caso non l'abbiate ancora capito, le investigazioni sul crimine organizzato sono la mia specialità.

Secondariamente, non apprezzo essere imbavagliata a forza. Ho firmato un certo pezzo di carta, in base al quale la sola cosa che posso lasciare trapelare all'esterno è il sangue quando mi sparano. Infine, mi sto veramente stufando dei giri a vuoto che stiamo facendo attorno a un incidente particolarmente serio nella mia zona, e se non iniziate in fretta a rispondere alle mie domande vi farò arrestare per intralcio alle indagini. Ora, che cosa vogliamo fare?

– Oh, ma Santo Cielo! – Andy alza gli occhi al cielo, poi recita in fretta: – Per l'abiura di Dee e nel nome di Claude Dansey io qui esercito la sub-sezione D, paragrafo sedici, clausola dodici e ti vincolo al servizio da adesso e per sempre. Ecco fatto, sei arruolata, e, qualunque sia il tuo dio, possa avere pietà della tua anima.

– Ehi, aspetta. Che sta succedendo? – chiede Josephine facendo un passo indietro. Nell'aria c'è un lieve puzzo di zolfo.

– Ti sei appena auto-invitata nella Lavanderia. Cerca solo di ricordarti che io ho provato a tenertene fuori. – Le rammento, scuotendo la testa.

– La Lavanderia? Di cosa stai parlando, credevo veniste da Cheltenham. Ehi, c'è qualcosa che brucia? – L'odore di zolfo si sta facendo più forte.

– Sbagliato, ma Bob può spiegartelo dopo. Per ora tieni solo a mente che, in ultima analisi, lavoriamo per le stesse persone, solo che noi ci occupiamo di minacce di un ordine superiore a roba banale come stati belligeranti, attacchi terroristici e così via. Cheltenham è la nostra copertura. – Poi Andy si rivolge a me: – Bob, il ricattatore ha minacciato di caricare SCORPION STARE nel cosiddetto ring of steel, nel pieno centro di Londra.

– O Cristo! – Mi appoggio di colpo al bordo della scrivania. La cosa è talmente grave che al momento non voglio neppure pensarci. Il ring of steel è il network di telecamere di sorveglianza installato attorno al cuore finanziario della città di Londra alla fine degli anni Novanta come misura contro gli attacchi terroristici. – Senti, Angleton ha altre…

– Sì, vuole che andiamo immediatamente a far visita a Site Able, il team di punta al centro di ricerca dietro SCORPION STARE. Uhm, Ispettore? Viene anche lei: come ho detto, è reclutata. Il suo superiore, il Vice Capo Dunwoody, sta per ricevere un memo su di lei dall'Ufficio Centrale. Vedremo se potrà tornare al suo vecchio lavoro in un secondo momento, ora come ora questa indagine è la sua unica priorità. Site Able si presenta come una succursale britannica di una compagnia americana di software, un ufficio della zona di Kiln Farm. In realtà sono parte dell'ultimo residuo ancora pubblico della DERA, QinetiQ: ovvero il gruppo che si occupa dei progetti Q.

– Mentre voi vi occupate di mucche, io avrei un giro di ladri d'auto da… – Josephine scuote la testa distrattamente, annusa con aria sospettosa e infine smette di lottare contro il vincolo della maledizione. – Perché bisogna andare a far visita a quella gente a Kiln Farm?

– Perché sono il team principale dietro lo sviluppo di SCORPION STARE – spiega Andy, – e secondo Angleton non è una coincidenza che il nostro ricattatore abbia bruciato una mucca proprio in Milton Keynes, crede che siano gente del luogo. Bob, se riuscissi a trovare una traccia sufficiente a restringere il campo attorno alla loro sede…

– Sì? – Josephine annuisce tra sé e sé. – Ma avete bisogno di trovare i veri responsabili, e in ogni momento potrebbero arrivarci altre bombe. Senza contare la piccola questione delle prove. – Sembra colpita da un pensiero improvviso. – Che succederà quando troverete i responsabili?

Quando Andy volge gli occhi su di me mi si gela il sangue. – Penso che lo decideremo quando li troveremo. – Prendo tempo io, cercando di non dirle della Commissione di Verifica, almeno per ora; potrebbe uscire completamente di testa se le spiegassi come indagano su possibili comportamenti disonesti. E poi dovrei anche dirle che l'odore di zolfo è un'anticipazione di cosa le accadrebbe se venisse mai ritenuta colpevole di slealtà. Per inciso, di solito svanisce dopo alcuni minuti dal vincolo, ma al momento è ancora piuttosto intenso.

– Che stiamo aspettando? Andiamo!

Al principio c'era l'Agenzia per la valutazione e la ricerca sulla difesa, (DERA). E la DERA fu dove si rintanarono i ricercatori del Governo di Sua Maestà, che svilupparono giocattoli tosti come i serbatoi con blindatura in plastica, i rozzi palmari alimentati dai chip degli anni '80 (e sufficientemente robusti da poter essere investiti da un camion), e i monitor del battito fetale per aiutare le prossime generazioni di arruolati a crescere forti.

Ed ecco, nel clima imprenditoriale dei primi anni '90 un nuovo governo salì al potere con la consegna di determinare il trionfo del vero socialismo, privatizzando gli uffici postali e il controllo del traffico aereo, e la DERA si trovò senza molte possibilità.

Rinominata "QinetiQ" dal medesimo sconosciuto genio che trasformò la Royal Mail britannica in "Consignia" e i Virgin Trains in foraggio per una fottuta compagnia da web, l'agenzia di ricerca fu stesa ad asciugare, agghindata e abbellita, e generalmente preparata per la vendita al miglior offerente, purché non parlasse con un pronunciato accento iracheno. Comunque…

Oltre ai soliti giocattoli, la DERA era solita fare il lavoro di sviluppo per la Lavanderia. L'albero genealogico della Divisione Q si allunga all'indietro giù fino agli sporchi trucchi del dipartimento SOE, in tempo di guerra (penne venefiche, tacchi con kit da fuga incorporati, parrucchini da sabotatori imbottiti di esplosivo, l'intero assortimento di scherzetti alla James Bond).

Dagli anni '50 la Divisione Q ha fornito regolarmente la Lavanderia di equipaggiamenti più esotici: griglie per evocazione, armi da basilisco, oracoli di Turing, pentacoli auto-sintonizzanti, bicchieri da birra auto-riempienti, e simili. Continuando a crescere in stranezza e specializzazione negli anni, la Divisione Q è di gran lunga troppo sensibile per essere liquidata con facilità. A differenza della maggior parte della ricerca compiuta da QinetiQ, quello che fanno è segretato così in profondità che ci vorrebbe un batiscafo per arrivarci. E perciò, mentre QinetiQ era agghindata per la passerella cittadina, la Divisione Q era segregata e rinforzata: una piccola roccaforte nel mare del commercio che è da sempre il territorio del servizio civile.

L'ispettore investigativo Sullivan marcia fuori dall'ufficio con l'espressione vacua di un automa e ordina seccamente al suo autista prima di portarci a Site Able, e poi di sparire incaricandolo di qualche oscura commissione. Si siede rigidamente sul sedile del passeggero, mentre Andy e io scivoliamo sui sedili posteriori e procediamo in silenzio. Nessuno sembra aver voglia di fare due chiacchiere.

Seguono quindici minuti di vagabondaggio per strade rosse, dove, attraverso la ripetitiva desolazione di identiche case in mattoni abbellite da dischi satellitari, e recinzioni di pino grezzo, ci muoviamo nella parte più vecchia della città. Lì gli edifici hanno veramente un aspetto diverso e le piste ciclabili sono strisce dipinte ai lati della strada piuttosto che percorsi progettati separatamente.

Mi guardo attorno con curiosità, cercando di individuare dei punti di riferimento.

– Non siamo vicini a Bletchley Park? – chiedo.

– È a un paio di miglia in quella direzione – dice il nostro autista senza togliere le mani dal volante per indicarlo. – Pensa di visitarlo?

– Non ancora. – Bletchley Park in tempo di guerra era il quartier generale dell'operazione Ultra, il dipartimento che più tardi divenne GCHQ: coloro che costruirono i computer Colossus, originariamente impiegati per decifrare i codici nazisti, e che successivamente furono dirottati dalla Lavanderia per scopi più occulti. Terreno sacro per noi spie; ho incontrato più di un ufficiale di collegamento dell'NSA che voleva visitarlo con lo scopo di contrabbandarne sotto il tacco il terriccio.

– Non prima di aver visitato gli uffici della Dillinger Associati, in ogni caso.

“Dillinger Associati” è il nome di copertura per un ufficio satellite della Divisione Q. Il complesso risulta essere un edificio neoclassico a mattoni con finestre, false colonne gemelle e un’edera dall’aspetto avvizzito fatta crescere su per la facciata a forza di spietati ricorsi a ormoni vegetali.

Usciamo dall’auto nel cortile, tra la fontana asciutta e la porta a vetri d’ingresso, e io controllo furtivamente il mio modulo PDA di localizzazione per una possibile corrispondenza. Nulla. Ammicco e lo metto via in tempo per unirmi a Andy e Josephine, mentre si dirigono verso la bionda addetta alla reception che siede dietro a un alto bancone di legno. Sta continuando a battere sulla tastiera, con l’aria inaccessibile e artificiale di un manichino in vetrina.

– Salve-Dillinger-Associati-Cosa-Posso-Fare-Per-Voi? – Batte le ciglia verso Andy in modo professionale e annoiato, senza togliere le mani dalla tastiera del pc che le sta di fronte.

C’è qualcosa di strano in lei, ma non riesco a capire cosa.

Andy espone il suo documento d’autorizzazione.

– Siamo qui per vedere il Dr. Voss.

Le lunghe dita dalle unghie laccate in rosso della receptionist si bloccano e si librano sopra la tastiera.

– Davvero? – chiede lei in tono inespressivo, spostandole sotto il piano del banco.

– Ferma... – sto per dire, mentre Josephine fa un veloce passo in avanti e appoggia un fazzoletto sopra la webcam in cima al monitor della donna. C’è un tenue *pop* e l’immediata assenza di rumore dal pc mi mette in allerta.

Aggiro la scrivania e tento di afferrarla proprio

mentre Andy estrae una pistola con un tamburo ridicolmente grosso e spara alla telecamera sulla porta dietro all'area di ricevimento. Si sente un orribile suono lacerante, come di carne strappata, mentre la receptionist si contorce da un lato e io mi rendo conto che non è affatto seduta su una sedia: è unita senza congiunzioni ai fianchi a un basamento che emerge da una specie di grossa base girevole in legno annerito dal tempo, imbullonato al pavimento con pesanti perni di ottone. Si trova al centro di un pentacolo di metallo argenteo da cui spuntano cavi che da un lato lo collegano al pc sulla scrivania. Apre la bocca, e mentre sibila posso vedere che la sua lingua è di un blu brillante e biforcuta.

Colpisco il pavimento con la spalla, un colpo duro, e afferro il cavo più vicino. Quelle unghie rosse mi si avvicinano mentre gli occhi le si restringono a una fessura. Muove i muscoli della mascella come se cercasse di preparare un bolo di muco da sputare. Afferro il cavo più grosso e gli do uno strappo e lei grida a una frequenza alta e spaventosamente inumana.

Che cazzo succede? penso, osservando gli artigli dipinti in rosso che si tendono e si allungano, schizzando strati di lacca mentre le punte crescono e si affilano. Poi do un altro strattone al cavo, che si stacca dal pentacolo. La cassa di legno perde un denso liquido bluastro sulle mattonelle del pavimento, e le grida cessano.

– Una lamia – dice Andy; poi supera a grandi passi la porta antincendio che si apre sul corridoio successivo, alza la pistola curiosamente grossa, e spara dritto verso l'alto. Ridiscende una pioggia violacea.

– Che succede? – dice Josephine, sconcertata, fissando la contorta receptionist che sta lentamente morendo.

Punto il mio PDA verso la lamia e clicco per un controllo. Buono, ma non zero. – Ho un rilevamento parziale – dico a Andy. – Dove sono tutti gli altri? Non dovrebbe esserci personale umano, qui?

– Non ne ho idea. – Sembra preoccupato. – Se questo è quello che hanno organizzato per il primo approccio, prendiamo atto che la merda è già all'altezza del ventilatore... Angleton non prevedeva una resistenza aperta.

Una porta si spalanca di colpo e un tipo corpulento di mezz'età in un dozzinale abito grigio e una barba di tre giorni irrompe gridando: – Chi siete e cosa pensate di fare qui? Questa è proprietà privata, non un tiro a segno da luna park! È una vergogna, chiamo la polizia!

Josephine si scuote dalla sua trance e si fa avanti. – Veramente, io *sono* la polizia – dice. – Qual è il suo nome? Ha un reclamo da fare, e se è così, di che si tratta?

– Io sono, io sono… – Mette a fuoco il demone receptionist che non si contorce più, ciondolante in cima alla sua cassa come un omicida manichino da negozio. Appare atterrito. – Vandali! Se l'avete danneggiata...

– Non tanto duramente quanto lei prevedeva di danneggiare noi – dice Andy. – Penso che farebbe meglio a dirci chi è lei. – Andy esibisce il suo documento, ordinandogli di mostrarsi nella sua vera forma: – Con l'autorità conferitami…

Si muove velocemente grazie alla maledizione, e dieci secondi più tardi abbiamo il signor Tizio

Grasso – in realtà Dr. Martin Voss – seduto su uno degli scomodi divani di pelle a un lato della reception mentre Andy fa domande e le registra su un dittafono.

Voss parla in tono monocorde, ovviamente sotto costrizione, sbavando leggermente da un lato della bocca, e la puzza di zolfo si mescola a un sottofondo gustoso di maiale arrosto.

La tintura violacea della pistola a pallottole di vernice di Andy sgocciola su qualunque cosa possa dissimulare una telecamera.

Mi ha fatto sigillare tutte le porte di accesso con un rotolo di qualcosa di simile a nastro isolante o nastro della polizia, con la differenza che i simboli su di esso risplendono neri e ti fanno piangere gli occhi se cerchi di metterli a fuoco.

– Mi dica il suo nome e la sua posizione in questa struttura.

– Voss. John Voss. Ricercatore capo.

– Quanti membri ci sono nel suo gruppo? Come si chiamano?

– Dodici. Gary. Ted. Elinor. John. Jonathan. Abdul. Mark...

– Fermo lì. Chi c'è qui oggi? Inoltre, manca qualcuno dal proprio ufficio, in questo momento?

Mi do da fare con il mio palmare, diventando strabico a furia di gingillarmi con i controlli del rilevatore. Ma non c'è segno di nessuna risonanza metrospettrale; lancio una ricerca all'interno dell'edificio per trovare la persona che ha rubato la Range Rover, ma fallisce. Il che è frustrante perché abbiamo il di lui capo (sono abbastanza certo che si tratti di un *lui*) proprio qui, e con il cui lavoro ci dovrebbero essere legami solidi.

– Sono tutti qui tranne Mark... – fa una risatina isterica. – Sono tutti qui, eccetto Mark. Mark!

Lancio un'occhiata all'ispettore investigativo Sullivan, che sta ispezionando con interesse professionale la lamia. Credo che alla fine stia finalmente cominciando ad afferrare visceralmente che non siamo solo dei burocrati del circo di Whitehall che cercano di renderle la vita più dura: ha l'aria apertamente nauseata. Il silenzio qui è lugubre e preoccupante.

Perché gli altri membri del gruppo non sono venuti a vedere cosa sta succedendo? mi domando, guardando le porte sigillate dal nastro.

Forse sono usciti dal retro e ci stanno aspettando fuori. O forse semplicemente non possono uscire alla luce del sole.

L'odore di carne bruciata sta diventando più forte: Voss sembra tremare, come se stesse tentando di non rispondere alle domande di Andy.

Mi avvicino alla lamia. – Non è umana – spiego dolcemente. – Non è mai stata umana. È una delle cose in cui sono specializzati. Questo edificio è difeso da guardie e dispositivi, e questa è solo parte della prima linea del sistema di sicurezza.

– Ma lei, lei ha parlato…

– Sì, ma non è un essere umano. – Indico lo spesso nodo di cavi che connetteva il computer al pentacolo. – Vedi, quello è il controllo di interfaccia. Il computer è là per stabilizzare e contenere un circuito Dho-Nha che costringe qui l'entità Dee-space. L'entità stessa, una lamia, appunto, è chiusa nella cassa che contiene, be', altri componenti. Ed è costretta a obbedire a certi ordini. Niente di buono per i visitatori inaspettati.

Metto le mani sulla testa della lamia e introduco le dita attraverso i folti capelli biondi, poi do uno strattone. Si sente il suono di velcro che si strappa, quindi la parrucca viene via rivelando il cranio squamoso al di sotto. – Vedi? Non è umana. È una lamia, un genere di demone costretto ad agire come sistema di difesa/offesa di prima linea per una struttura di alta sicurezza sotto travestimento.

Riesco a scostarmi mentre Josephine vomita il suo pranzo sopra alla incredibilmente costosa postazione di pino decolorato. Non posso dire di biasimarla. Io stesso mi sento scioccato; è stata davvero una brutta mattinata. Poi mi rendo conto che Andy sta cercando di catturare la mia attenzione.

– Bob, quando hai finito di disgustare l'ispettore ho un incarico per te. – La sua voce si fa acuta.

– Sì? – chiedo raddrizzandomi.

– Voglio che tu apra quella porta, raggiunga la seconda porta a destra lungo il corridoio, senza fermarti a esaminare nessun cadavere lungo la via, e la apra. Dentro, troverai il quadro principale dei comandi. Voglio che tu interrompa l'energia.

– Non ti ho appena visto spruzzare vernice su tutte le telecamere a circuito chiuso del soffitto? E, be', cos'è questa storia di cadaveri? Perché non mandiamo il Dr. Voss… Oh!

Gli occhi di Voss sono chiusi e la puzza di carne arrosto sta aumentando: è diventato estremamente rosso in viso, quasi gonfio, e si sta agitando leggermente, come se qualche forza esterna stesse facendo contrarre tutti i suoi muscoli simultaneamente. Ora tocca a me lottare per trattenere la colazione. – Non sapevo che si potesse fargli fare *questo* – sento la mia voce dire in distanza.

– Neanch'io – dice Andy, e *questa* è la cosa più spaventosa che abbia udito oggi. – Ci deve essere una maledizione in conflitto da qualche parte nella sua testa. Non credo che potrei fermarlo neanche se...

– Merda! – Mi raddrizzo. La mano mi va automaticamente al collo, ma la borsa è vuota. – Nessuna Mano di Gloria. – Deglutisco. – Togliere l'energia. Che succede se non riesco?

– L'amico di Voss, Marc McLuhan, ha installato un interruttore di sicurezza nel caso in cui lui fosse incapacitato. Dovresti sapere tutto su queste cose. Abbiamo tempo fino a che Voss sarà cerebralmente morto, e poi ogni fottuta telecamera a Milton Keynes si accenderà con SCORPION SQUARE.

– Ah, intendi dire che moriremo. – Punto verso la porta da cui era entrato Voss. – Devo cercare il centro di servizio, giusto?

– Aspetta! – È Josephine, pallida. – Non puoi uscire e togliere energia da fuori? O telefonare per aiuto?

– No. – Strappo via dal telaio della porta la prima striscia di nastro isolante. – Qui siamo oltre lo scudo Tempesta, e l'energia è incanalata attraverso condutture di cemento sotterranee. Questo è un ufficio della Divisione Q, dopotutto. Se potessimo richiedere un attacco aereo e sganciare un paio di BLU-114/Bs sulle sottostazioni locali di energia, allora sì, potrebbe funzionare. – Do uno strattone al secondo nastro, ma questi sistemi furono progettati per essere autonomi. Terzo nastro.

– Prendi – grida Andy, e mi lancia qualcosa di cilindrico. Lo afferro con una mano, tiro con forza l'ultima lunghezza di nastro con l'altra mano, e ho un attimo di esitazione. Poi scuoto il cilindro, ascolto il tintinnio dell'agitatore e faccio saltar via il coperchio.

– Al coperto! – Grido. Quindi apro la porta, spruzzo il soffitto sopra di me di vernice spray verde, e mi metto al lavoro.

Sono seduto nell'atrio, sorvegliando il cadavere della lamia con un barattolo quasi vuoto di vernice e cercando di non addormentarmi, quando il gruppo OCCULUS picchia alla porta. Sbadiglio e scanso il cadavere coperto di vesciche di Voss – sembra che abbia fatto qualche round con vecchio Sparky – poi cerco di ricordare il contro segnale. *Ah, trovato...* Tiro via una striscia di nastro, spalanco con forza la porta, e mi trovo a fissare la canna di una carabina H&K.

– È un fucile quello che hai in mano o sei qui solo per una sega? – chiedo.

Il fucile punta in fretta da un'altra parte. – Ehi, Sergente, è lo smanettone di Amsterdam!

– Già, e qualcuno vi ha chiesto di rendere sicura l'area, non è vero? Dov'è il sergente Howe? – chiedo, sbadigliando. La luce del giorno mi fa sentire meglio... oltre a sapere che ci sono rinforzi. (Mi viene sonno quando smettono di spararmi. Poi ho degli incubi. Non è una buona combinazione.)

– Lassù. – Sono vestiti in modo non dissimile dalle divise del Servizio Antincendio HAZMAT, e i mezzi sono dipinti in vivace rosso-ciliegia con luminose strisce gialle; se non fossero armati fino ai denti con armi automatiche giureresti che siano qui solo perché qualcuno aveva segnalato un allarme di perdita di sostanze tossiche. Ma gli ugelli delle loro pompe non servono per spruzzare acqua, e quella cosa protuberante che c'è sul retro non è un proiettore, ma un lanciagranate.

L'ispettore arriva dietro di me, barcollando leggermente alla luce del sole. – Che cosa sta succedendo? – domanda.

– Ecco, ti presento Scary Spice e il sergente Howe. Sergente, Scary, vi presento l'Ispettore Investigativo Sullivan. Ah, per prima cosa dovete fare il giro del sito e sparare a ogni telecamera a circuito chiuso che riuscite a vedere, o che riesce a vedervi. Chiaro questo? E alle webcam. E alle telecamere di controllo alle porte. Se vedete una telecamera, la distruggete, questa è la regola.

– Telecamere. Va b-bene. – Il sergente Howe appare leggermente scettico, ma annuisce. – Sono proprio telecamere?

– Chi *sono* questi tizi? – chiede Josephine.

– Artisti del Fucile. Lavorano con noi – dico.

Scary annuisce, profondamente serio. Io mi rivolgo a Josephine.

– Ascolta, tu vai fuori, fai tutto quello che è necessario per mantenere le squadre di emergenza del luogo un passo alle nostre spalle. Se hai bisogno di supporto chiedi al sergente Howe qui presente. Sergente, lei è fondamentalmente sana e sta lavorando per noi su questa faccenda. Okay?

Lei non aspetta la conferma, si limita a superarmi e si dirige fuori alla luce del giorno, battendo le palpebre e scrollando la testa. Io continuo a istruire i ragazzi dell'OCCULUS.

– Non preoccupatevi di niente che impieghi pellicole, è il sistema a circuito chiuso che è ostile. E cercate di assicurarvi di non essere *mai* in vista di più di una telecamera alla volta.

– E non camminate sulle fessure del marciapiedi o gli orsi ci prenderanno. Ricevuto. – Howe si volta verso Scary Spice: – Okay, hai sentito gli ordini? Eseguiamoli. – Mi dà un'occhiata. – Qualcosa dentro?

– Ce ne stiamo occupando. Se avremo bisogno di aiuto lo chiederemo.

– Ricevuto. – Scary sta borbottando nel microfono che ha al colletto e falsi vigili del fuoco con asce assolutamente autentiche stanno camminando intorno i cespugli ai lati dell'edificio come se cercassero segni di combustione. – Okay, saremo là fuori.

– Anglton è informato? O il capitano?

– Il tuo capo sta arrivando in elicottero. Il nostro è in permesso medico. Se devi salire di livello ti posso trovare il tenente.

– Okay.

Mi rituffo nell'area di ricevimento poi mi forzo a tornare nell'area di sviluppo nel retro dell'edificio, sotto agli uffici e sopra i laboratori.

Site Able è un piccolo ufficio dipartimentale satellite, piccolo per ragioni di sicurezza: dieci ingegneri sistemisti, un paio di junior-manager, e un ufficiale alla sicurezza. La maggior parte di loro sono proprio qui ora, e non stanno andando da nessun'altra parte.

Cammino per il centro di servizio nel fioco scintillio delle luci di emergenza, oltrepassando chiazze di vernice verde che nella rossa incandescenza sembra nera. La piscina a sviluppo ottagonale nel retro è anch'essa debolmente illuminata. Non ci sono finestre, e le porte sono sigillate tre volte con guarnizioni di gomma impregnate di una sottile rete di rame, e alcuni dei divisori sono stati abbattuti.

L'intero luogo è immerso fino alle caviglie in una nebbia bianca lasciata dal sistema antincendio che si è attivato quando sono esplosi i primi corpi. Fortuna che l'aria condizionata continui a funzionare o il posto sarebbe diventato una camera a gas.

Le webcam sono tutte dove le ho lasciate, in un cestino dei rifiuti ai piedi della scala a spirale che sale al primo livello. Ho tranciato i cavi con il mio multiuso, giusto per essere sicuro che nessuno potesse tentare di riattaccare nuovamente le spine.

Le vittime... bene, devo scavalcarne una per salire le scale. È piuttosto gonfia, ma ho visto cadaveri prima, compresi vittime di incendi, e perlomeno questo è stato veloce. Ma non penso che mi dimenticherò in fretta il suo odore. In effetti, credo che avrò degli incubi stanotte su tutto questo, e forse mi ubriacherò e piangerò sulla spalla di Mo molte volte durante le prossime settimane, finché non avrò assorbito l'esperienza. Ma per adesso metto tutto da parte e li scavalco. Devo continuare a muovermi, questa è la cosa principale, a meno che non ne voglia altri sulla mia coscienza.

In cima alle scale c'è uno stretto corridoio e uffici separati da tramezzi, anch'essi illuminati dalle luci di emergenza. Seguo il suono dei tasti verso l'ufficio di Voss, la cui porta è socchiusa. Piante in vaso che avvizziscono alla luce artificiale, tappeto antistatico marrone-vomito, scrivanie ministeriali: nessuno può accusare gli alti ranghi della Divisione Q di godersi lussuose stravaganze.

Andy è seduto di fronte al portatile di Voss, sta digitando con una strana espressione sul volto.

– OCCULUS è in posizione – dico, – trovato qualcosa di interessante?

Andy indica lo schermo.

– Siamo nella fottuta città sbagliata – dice in tono lieve.

Aggiro la scrivania e mi sporgo oltre le sue spalle. – Oh, merda!

– Puoi ripeterlo, se vuoi. – È una mail mandata in copia a Voss, dalla nostra rete intranet. Destinatario un certo Mike McLuhan. Soggetto: riunione. Mittente: Harriet.

– Oh, merda. Due volte. Qualcosa puzza. Ehi, io dovevo essere in riunione con lei oggi – dico.

– Una riunione? – Andy alza lo sguardo, preoccupato.

– Sì. Bridget si era piccata di tenere una verifica del software con autorizzazione BSA sull'ufficio, il solito lavoro riempitempo. Non so cosa abbia a che fare con questo, però.

– Una verifica al *software*? Non lo sapeva che Licencing and Compliance tratta la cosa su base dipartimentale? Siamo stati aggiornati su questo circa un anno fa.

– Siamo… – Mi siedo pesantemente sulle dozzinali sedie in plastica per i visitatori. – Che possibilità ci sono che questo tale McLuhan abbia messo l'idea in testa a Harriet in primo luogo? Che possibilità ci sono che *non* ci sia una connessione?

– McLuhan. "Il medium è il messaggio." SCORPION SQUARE.

Perché ho una brutta sensazione a riguardo? Andy mi lancia un'occhiata preoccupata.

– Un'altra possibilità, capo. E se fosse un gioco di potere interno? L'ispezione al software è una copertura, come nel racconto di Poe: per nasconder qualcosa di sospetto in piena vista dove nessuno guarderà due volte, fino a che non sarà troppo tardi.

– Sciocchezze, Bridget non è abbastanza abile per mandare a monte il progetto... – si interrompe e spalanca gli occhi.

– Sei sicuro di ciò? Voglio dire, *davvero* e *veramente* sicuro? Sicuro da scommetterci la vita?

– Ma il numero delle vittime! – Sta scuotendo la testa, incredulo.

– Allora è stata tutta una burla che avrebbe dovuto iniziare e finire con Daisy, ma è andata fuori controllo, no? Sono cose che succedono. Mi hai detto che la rete di telecamere della polizia cittadina è in grado di tracciare e identificare a mani basse, non è vero? Scommetto che qualcuno in questo ufficio, Voss, forse, mi ha seguito al deposito auto e ha capito che avevamo trovato la vettura che McLuhan ha usato per sovralimentare Daisy. Stupide mezze seghe, se avessero usato uno dei loro veicoli noi non avremmo mai capito, ma hanno cercato di usarne uno rubato come copertura. Così sono andati nel panico e hanno mollato SCORPION SQUARE, che non ha funzionato, così sono andati ancora più nel panico e McLuhan persino di più.

«Scommetto che è lui l'intermediario, o persino colui che sta dietro a tutto ciò. Che cos'è, agente esoterico anziano? Vice direttore incaricato? È a Londra, quindi pianifica la folle minaccia ricattatoria poi cala il martello sui suoi stessi colleghi. Scommetto che è un brillante sociopatico, il genere che fa bene a livello di media dirigenza, tutto cappotti di pelliccia e niente mutande. E capace di spargere sangue senza un attimo di esitazione se è per difendere la sua posizione.

– Dannazione – dice Andy dolcemente, mentre si

alza. – Okay, allora. Politiche interne, maledetti stupidi scherzi organizzati per mettere in imbarazzo Angleton: usano degli idioti per metterle in atto, così il tuo poliziotto trova la traccia, poi il lunatico in capo prende il largo e incomincia ad ammazzare la gente. È questa la tua storia?

– Sì. – Annuisco come se il mio collo fosse una molla. – E proprio ora sono rientrati alla Lavanderia a fare chi cazzo sa cosa…

– Dobbiamo inchiodare McLuhan in fretta, prima che decida che il modo migliore per coprire le proprie tracce sia distruggere la sede centrale. E anche noi. – Sorride, rassicurante. – Andrà tutto bene, Angleton sta arrivando. Tu non l'hai mai visto in azione, vero?

Immaginate un immobile a uso industriale/uffici nel mezzo di una città, illuminato con quattro pompe antincendio rosso ciliegia accostate, uomini in tuta HAZMAT che perlustrano i cespugli, un paio di auto della polizia con le luci lampeggianti ferme e raggruppate sulla strada che porta al vicolo per dissuadere eventuali curiosi. Truppe travestite da pompieri stanno sistematicamente colpendo ognuna delle telecamere di sicurezza dell'edificio con le loro carabine silenziate. Altri, che indossano uniformi della polizia o dei vigili del fuoco, stanno posizionandosi di fronte a ogni edificio – occupato o no – per tenere lontane dai guai le persone all'interno.

Solo un'altra giornata d'ufficio, gente, niente da vedere, allontanatevi.

Bene, o forse no.

Ecco arrivare in un gran caos sonoro un grosso

elicottero: il Twin Squirrel della polizia urbana sul quale c'ero io l'altra notte, solo che adesso sembra molto più grande e più spaventoso nella piena luce del giorno, mentre si sistema nel parcheggio auto tra foglie e scarti soffiati via dai rotori tonanti.

L'elicottero sta ancora dondolando sulle slitte quando una delle porte posteriori si apre e Angleton salta giù, barcollando leggermente – non è un giovane virgulto – poi si ricompone e avanza verso di noi, stringendo una valigetta ventiquattrore.

– Parla – mi dice, la voce appena più alta per coprire il frastuono dei rotori che rallentano.

– Problemi, capo. – Indico l'edificio. – Andy è ancora dentro per confermare il peggio, ma sembra che sia cominciato come un fottuto stupido scherzo interdipartimentale: è andato male, e ora uno dei responsabili è andato fuori di testa ed è diventato violento.

– Uno scherzo. – Gira quei gelidi occhi blu verso di me, e per una sola frazione di secondo chi mi sta fissando non è un ultra sessantenne calvo e scarno in un abito che gli sta male, ma uno scheletro deambulante con fuochi radioattivi dell'inferno che ardono, inquietanti, nelle cavità orbitali. – Faresti meglio a portarmi da Andrew. Ragguagliami lungo la strada.

Sto incespicando con la lingua e affrettandomi per tener dietro ad Angleton quando arriviamo alla scrivania dell'ingresso, dove Andy è occupato a dare ai tizi dell'OCCULUS indicazioni per la pulizia e suggerimenti su cosa fare con la lamia danneggiata e gli altari da evocazione nel seminterrato.

– Chi... oh, sei tu. Proprio in tempo – sogghigna. – Chi tiene il forte?

– Ho lasciato Boris in carica – dice Angleton

dolcemente, senza irritarsi per le cattive maniere di Andy. – Quanto è brutta?

– Brutta. – La guancia di Andy si contrae, il che è un brutto segno: tutta la sua fiducia sembra averlo abbandonato ora che Angleton è arrivato. – Ci servono... Accidenti.

– Prenditi tempo – lo calma Angleton. – Non sto per mangiarti.

Ed è a quel punto che capisco quanto *io* sia spaventato, e se io sono mezzo fuori di testa che cosa possiamo dire di Andy? Devo concedere questo a Angleton, sa quando non deve spingere troppo sui suoi subordinati. Andy fa un profondo respiro, lo lascia uscire lentamente, poi riprova.

– Abbiamo due problemi non risolti: uno è Mark McLuhan, l'altro qualcuno di cui al momento non conosciamo l'identità. McLuhan lavorava qui come ufficiale esoterico anziano, fondamentalmente un ruolo di sorveglianza. Ha fatto anche altre cose per la Divisione Q che lo ha portato giù a Dansey House per un incarico di collegamento. Non posso *credere* che siamo scivolati così malamente sui metodi di valutazione...

– Prenditi tempo – lo interrompe Angleton, questa volta con una nota leggermente aspra nella voce.

– Scusa, scusa. È stato Bob a mettere insieme i tasselli. – Un cenno del capo nella mia direzione. – McLuhan sta lavorando con qualcuno all'interno della Lavanderia per farci sembrare dei visionari incompetenti, usando come escamotage una fuga selettiva di notizie: fondamentalmente una che avrebbe dovuto essere considerata solo una stronzata, niente di degno di attenzione per nessuno tranne che per l'equipaggio dell'elicottero nero, e sarebbe servito per incastrare te. Ho trovato delle e-mail non molto buone di Bridget che invita McLuhan giù al quartier generale col pretesto di qualcosa riguardante la verifica del software. Davvero una stupida stronzata che Bob può controllare più tardi. Ma quello che io penso stia accadendo *davvero*, è che Bridget ha organizzato tutto per denigrarti, per un gioco di potere nei confronti del direttore.

Angleton si volta verso di me: – Telefona alla sede centrale. Chiedi di Boris. Digli di arrestare McLuhan. Digli, SHRINKWRAP e MARMOSET. – Io alzo un sopracciglio, e lui: – Ora, ragazzo!

Ah, la calda ebbrezza dell'azione risoluta. Mi dirigo alla scrivania della lamia e sollevo il telefono digitando 666; dietro di me Andy sta raccontando qualcosa a Angleton a bassa voce.

– Centralino? – chiedo al disturbo di frequenza. – Voglio Boris. *Ora.* – Gli analizzatori sintattici di metagrammatica fanno le loro cose e le dannate anime o demoni incatenati o qualsiasi cosa sia al centralino sibila più forte, poi connette il circuito. Sento un altro segnale. Poi una voce familiare.

– Pronto, Servizi Centrali della Lavanderia, dipartimento di supporto ai sistemi. Con chi desidera parlare?

Oh, merda. – Pronto, Harriet – dico, sforzandomi di sembrare calmo e concentrato. Raggiungere il piccolo demone di Bridget in questo frangente non è un buon segno, specialmente perché lei e Boris sono noti per la reciproca avversione. – Questa è una chiamata da telefono rosso. C'è Boris lì?

– Oh-oh, Robert! Mi stavo domandando dove fossi. Stai cercando di darti malato di nuovo?

– No – dico, prendendo un lungo respiro. – Ho

bisogno di parlare a Boris con urgenza, Harriet: è lì attorno?

– Oh, non potrei proprio dirlo. Sarebbe fornire informazioni pregiudizievoli al buon andamento del dipartimento durante una connessione alla rete pubblica, e non potrei certo incoraggiarti a farlo quando tu potevi mostrare la tua faccia in ufficio per la riunione che era in agenda l'altro ieri, ricordi?

Mi sento come se le viscere si fossero ghiacciate.

– Quale riunione? – chiedo.

La verifica al software, ricordi? Non leggi mai l'agenda delle riunioni. Se lo facessi, potresti interessarti anche a *qualche altro affare*... Da dove stai chiamando, Bob? Chiunque penserebbe che non lavori neppure qui...

– Voglio parlare con Boris. Adesso. – Lo stridio di sottofondo è il serrarsi della mia mandibola. – È urgente, Harriet. Ha a che fare con il codice blu dell'altro giorno. Ora, puoi farlo venire subito o puoi pentirtene più tardi: cosa scegli?

– Oh, non penso che sarà necessario – dice lei in un modo che posso solo descrivere come un tono di trionfo. – Dopo essere mancato alla riunione, tu e la tua preziosa Unità Anti Possessione apparterrete alla storia delle divisioni, e avrete di che biasimare solo voi stessi! Addio. – E la cagna mi appende il microfono in faccia.

Mi guardo attorno e vedo che Andy e Angleton mi fissano. – Lei ha riappeso – dico stupidamente. – La dannata Harriet ha una deviazione sulla linea di Boris. È una macchinazione, qualcosa in merito all'arrivare per primi al CPU.

– Allora dovremo partecipare a questa riunione di persona – dice Angleton, marciando bruscamente verso la porta d'ingresso, che si piega da un lato per togliersi dalla sua strada. – Seguitemi!

Ci dirigiamo direttamente verso l'elicottero, che ha mantenuto i motori al minimo. C'è voluto, quanto? Tre o quattro minuti dall'arrivo di Angleton? Vedo un'altra figura puntare su di noi attraverso il parcheggio – una figura in completo grigio, leggermente macchiato, uno sguardo selvaggio negli occhi. – Ehi, tu! – grida lei. – Voglio delle risposte!

Angleton si gira verso di me. – È tua? – e io annuisco. Lui le fa un cenno imperioso. – Venga con noi – le grida, alzando la voce al di sopra del fischio dell'insieme delle turbine. Oltre la sua spalla vedo uno dei falsi pompieri abbassare uno zaino che era stato, per pura coincidenza, puntato alla schiena dell'ispettore investigativo Sullivan.

– Questa è la parte che mi piace di meno – aggiunge Angleton in tono basso, monocorde, il volto atteggiato a una tetra smorfia di disapprovazione. – Meno vite sconvolgiamo, meglio è.

Ho una mezza idea di chiedergli di spiegarsi meglio, ma lui sta già arrampicandosi nello scompartimento posteriore dell'elicottero e Andy lo sta seguendo. Do una mano a Josephine mentre le pale incominciano a girare e i motori alzano un duetto di muggiti a gole spiegate. Mi metto la cuffia in tempo per sentire gli ordini di Angleton: – Di ritorno a Londra, e non risparmiare i cavalli!

La Lavanderia ha una pessima reputazione per i suoi grotteschi eccessi nel nome della contabilità; le infrazioni ai preventivi di bilancio sono punite come crimini di guerra, e il mero perdere le graffette per la carta può renderti bersaglio della collera di defunti dei alieni. Ma quando Angleton dice *non rispar-*

miate i cavalli noi sfrecciamo urlando per la campagna a centoquaranta miglia all'ora, bruciando carburante a tonnellate e costringendo il controllo del traffico aereo a liberare il nostro corridoio dal traffico a bassa priorità – e tutto perché lui non vuole essere in ritardo per una riunione. C'è un'auto della polizia ad aspettarci alla piattaforma d'arrivo, così tagliamo attraverso il caotico traffico di Londra incredibilmente veloci.

– McLuhan controlla SCORPION SQUARE – dico a Angleton. – E le telecamere di sicurezza del quartier generale sono tutte cablate. Se le prepara e lo carica prima del nostro ritorno, potremmo trovare un... o peggio. Dipende tutto da cosa stanno pianificando Harriet e il suo capo.

– Dovremo aspettare e vedere. – Angleton annuisce appena, il volto rigido. – Hai ancora il tuo pendente portafortuna?

– No, ho dovuto usarlo. – Scrollerei le spalle, se ci fosse più spazio. – Cosa pensi che stia preparando Bridget?

– Al momento non sono in grado di fare commenti in merito. – Prenderei il rigetto di Angleton per un invito a tacere, ma lui punta il mento verso l'uomo al sedile del pilota. – Quando saremo là, Bob, voglio che tu entri dalla porta del magazzino e svegli il custode. Hai il tuo cellulare?

– Sì – confermo, sperando disperatamente che la batteria non si sia scaricata.

– Bene. Andrew, tu e io entreremo dalla porta principale. Bob, regola il tuo telefono sulla vibrazione. Quando riceverai un messaggio da me saprai che è ora di far chiudere al custode l'interruttore generale. *E* l'energia di riserva.

– Oops! – Mi lecco le labbra improvvisamente aride, pensando a tutti i pentacoli di contenimento elettrificati nel seminterrato e a tutti i computer collegati con filtri e protezioni sugli altri piani.

– Se lo faccio si scatenerà l'inferno.

– È proprio quello su cui faccio affidamento. – Il bastardo *sorride*, e nonostante tutte le cose orribili che ho visto oggi, ciò che spero, al di sopra di ogni altra cosa, è non vedere più quel sorriso fino al giorno della mia morte.

– Ehi, e io? – Angleton lancia uno sguardo al sedile di fronte con un momentaneo lampo d'irritazione, e Josephine lo fissa bene in faccia, chiaramente arrabbiata e lottando per controllarsi. – Io sono il vostro ufficiale di collegamento per il Nord Buckinghamshire, e *gradirei* davvero sapere con chi sono in collegamento, specialmente visto che sembrate aver lasciato qualche *cadavere* nella mia zona che dovrò seppellire, e questo stupido – si riferisce a me, sono sconvolto! Oh, l'ignominia! – mi ha promesso che lei avrebbe avuto le risposte.

Angleton si ricompone. – Non ci sono risposte, signora, solo altre domande – dice, e solo per un secondo sembra un pio vicario impegnato a confortare i desolati famigliari. – Se vuole le risposte dovrà passare dall'archivio dello stupido. – *Bastardo.* Poi per un attimo lampeggia una smorfia sardonica, asciutta come le sabbie del deserto in giugno: – Vuole aiutare a prevenire qualsiasi, ah, ripetizione di quello che ha visto un'ora fa? Se è così può accompagnare lo stupido e cercare di impedirgli di morire. – Allunga la mano e le passa da sopra la spalla una stropicciata striscia di carta. – Avrà bisogno di questa.

Un'autorizzazione temporanea.

Josephine borbotta qualcosa di poco gentile sui suoi antenati, sugli animali da cortile, e sulle lunghezze di duri tubi di gomma. Io fingo di non sentirla perché mancano circa tre minuti all'arrivo e siamo appiccicati a un lento ma socievole gregge di rossi autobus a due piani, mentre sto cercando di ricordare il percorso per l'ufficio del custode nel seminterrato dell'unità principale della Lavanderia e se c'è qualunque cosa su cui è probabile che inciampi al buio.

– Scusami se te lo chiedo, ma in quanti cadaveri ti imbatti abitualmente nel corso del tuo lavoro? – le chiedo.

– Troppi, da quando sei comparso tu.

Giriamo l'angolo prendendo un vicolo dai muri in mattoni, pieno di bidoni dell'immondizia e odorante del piscio di qualche vagabondo.

– Comunque, visto che lo chiedi, io sono un ispettore investigativo; vedo un sacco di roba orribile sul campo.

Qualcosa nella sua espressione mi dice che qui sono su un terreno pericoloso, ma insisto: – Bene, questa è la Lavanderia. Il nostro compito è avere a che fare con sette gradazioni diverse di merda così che non lo debba fare la gente come te. – Prendo un profondo respiro. – E prima che entriamo penso che dovrei avvisarti che ti troverai a pensare che Fred e Rosemary West lavorino per noi, e che Harold Shipman sia l'ufficiale medico.

A questo punto lei impallidisce leggermente, ma non fa una piega.

– E voi siete i *buoni*?

– Qualche volta ho dei dubbi – sospiro. – Bene, unisciti al gruppo.

Ho la sensazione che potrebbe farlo, se sopravviverà alla prossima ora.

– Basta con le sciocchezze. *Questo* è l'ingresso stradale del blocco risorse sotto il Quartier Generale Uno. Hai visto quello che quei bastardi hanno fatto con le telecamere al deposito delle auto e a Site Able. Se la mia supposizione è corretta, qui stanno per rifare tutto quanto... o peggio. Da qui c'è una linea sicura a molti uffici metropolitani, inclusi diversi sistemi di controllo a livello municipale, come il centro di controllo di Camden Town. SCORPION SQUARE non è pronto per uno spiegamento a livello nazionale…

– Che cosa *diavolo* potrebbe giustificare una cosa simile? – domanda lei, con gli occhi spalancati.

– Non hai l'autorizzazione per questa informazione. – Sorprendente quanto facilmente la frase esca dalla bocca. – Inoltre, ti darebbe gli incubi. Ma tu sei quella che ha nominato il diavolo, e come stavo dicendo… – Mi fermo, con un cassonetto traboccante tra noi e l'anonima porta d'ingresso – il nostro piccolo lunatico, che ha ucciso tutta quella gente alla Dillinger Associates e che ora è in una riunione di comitato al piano superiore, potrebbe caricare parti dello SCORPION SQUARE nei vari centri di controllo delle telecamere. Ragion per cui stiamo andando a fermarlo tirando giù il collegamento alla rete dentro e fuori del quartier generale della Lavanderia. Il che sarebbe facile se questo fosse un ufficio governativo standard, ma è un po' più difficile perché la Lavanderia ha guardie, e alcune di quelle guardie sono molto speciali, e alcune di quelle guardie molto speciali cercheranno di fermarci mangiandoci vivi.

Josephine ha un'aria vitrea. – Ti ho detto che non sono una cacciatrice di teste? Quello è un lavoro da Reclutamento.

– Guarda – dico con gentilezza, – hai mai visto *La Notte dei Morti Viventi*? Non è poi così diverso, eccetto che io ho il permesso di essere qui, e anche tu hai un documento di autorizzazione temporanea, così dovremmo essere in regola. – Un pensiero mi colpisce.

– Sei un poliziotto. Sei addestrata all'uso delle armi?

Click-clack. – Sì – risponde, asciutta. – Prossima domanda?

– Grande! Ora, se solo la spostassi dal mio naso… così va meglio... non funzionerà sulle guardie. Spiacente, ma loro sono già, uh, metabolicamente problematici così come sono. Comunque, *potrà* funzionare molto bene sulle telecamere a circuito chiuso. Cosa che...

– Okay, ho il quadro: entriamo e stiamo alla larga dalle telecamere a meno di non voler morire. – Fa sparire la pistola nella giacca e mi guarda con sospetto; dal deposito d'auto è la prima volta che mi rivolge un'espressione che non sia irritazione o avversione. Probabilmente sta domandandosi perché non mi sono tirato indietro. (Ovvio: confrontato a ciò che ci aspetta là dentro, un piccolo condizionamento d'aria intracranico è un modo relativamente indolore di andarsene. Inoltre, se fosse stata seriamente arrabbiata con me avrebbe potuto mettermi in isolamento in una graziosa cella insonorizzata del suo distretto.) – Noi entreremo là dentro, e mentre tu negozierai il nostro passaggio con gli zombi, io eliminerò tutte le telecamere, giusto?

– Giusto. E poi io cercherò di scoprire come disattivare l'interruttore primario, il gruppo di backup, il generatore diesel, e le batterie per il commutatore telefonico e il circuito di alimentazione dei computer, *tutti* allo stesso tempo, così che nessuno si accorga di nulla finché non sarà troppo tardi. Il tutto evitando chiunque tenti di fermarci. Chiaro?

– Come il fango. – Mi fissa. – Ho sempre desiderato apparire in TV, ma non proprio in questo modo.

– Sì, be'. – Alzo gli occhi sul fianco dell'edificio, che è cieco fino al terzo piano (e poi le finestre si affacciano su camere vuote profonde tre piedi, giusto per dare un'apparenza di attività). – Preferirei richiedere un attacco aereo sulla centrale di alimentazione, ma c'è un ospedale a due isolati da quella parte e un ricovero per anziani dall'altra parte... Sei pronta?

Josephine annuisce. – Okay.

Io faccio un passo attorno al cassonetto e busso alla porta, una tavola dipinta di blu priva di caratteristiche particolari.

Non appena la tocco, si apre – nessun cigolio, pensavate di essere in un film dell'orrore d'atmosfere gotiche? – rivelando una piccola e polverosa stanza con un estintore a polvere fissato a una parete e un'altra porta di fronte all'ingresso.

– Aspetta – dico, e tiro fuori dalla tasca il barattolo di vernice spray. – Okay, entriamo. Tieni a portata di mano la tua autorizzazione.

Sobbalza quando la porta si chiude automaticamente con un flebile sibilo, e io inghiottisco per farmi schioccare le orecchie – dall'esterno sembrava solo un'economica porta antincendio.

– Okay, ecco la parte divertente.

Alla porta interna faccio una veloce scansione con una funzione del mio palmare e non mi risulta nulla, così metto la mano sulla maniglia e tiro. Questo è il momento della verità; se, come diceva Andy, la merda è veramente già arrivata al ventilatore l'intero edificio sarà serrato più strettamente di un bunker nucleare, e l'equivalente taumaturgico di un portatore trifase da seicento volt sarà fatto correre per tutti i portali sbarrati. Ma continuo a respirare, e la porta si apre su uno scuro corridoio che conduce oltre le porte chiuse di alcuni magazzini, fino a una sporca scala di legno. E questo è tutto... non c'è nulla qui che possa confondere un occasionale ladro che riesca a passare le difese nella speranza di trovare qualche mobile da ufficio da sgraffignare. Tutto il materiale realmente classificato è, o dieci piani sottoterra, o dall'altro lato dei muri dello scantinato. A pulsare nell'oscurità.

– Non vedo nessuno zombie – osserva Josephine aspramente, salendo dietro di me nell'oscurità.

– Questo perché sono… – mi raggelo e alzo l'estintore a polvere. – Hai uno specchio da borsetta? – chiedo, cercando di usare un tono casuale.

– Tieni. – Sento un secco click, e poi lei mi passa qualcosa simile a uno spazzolino da denti. – Va bene questo?

– Oh, *wow*, non sapevo che fossi una dentista.

Mi piego in avanti e tendo cautamente lo specchio angolato per poter vedere il vano delle scale.

– È per controllare la presenza di eventuali bombe lungo il lato inferiore delle automobili – o i condotti dei freni tagliati. Non puoi mai sapere quello che quei piccoli teppisti combineranno nel cortile della scuola mentre stai parlando con la preside.

Gulp. – Bene, direi che questo è un appropriato uso alternativo.

Non vedo nessuna telecamera lassù, così ritiro lo specchio. Sto per mettere i piedi sulla scala quando lei dice: – Ne hai mancata una.

– Huh…?

Me la indica. Si trova circa al livello del busto, è delle dimensioni di un pomello da porta, incastrata nello scuro rivestimento di legno, ed è puntata *in alto* verso le scale.

– Merda, hai ragione. – E c'è qualcosa di strano in essa. Faccio scivolare lo specchio più vicino per un'occhiata obliqua e inghiottisco a vuoto. – Ci sono due lenti. Oh, ingegnoso.

Tiro fuori il mio coltellino multiuso e incomincio a cavarle fuori dal muro. È un cavo coassiale, proprio come ha ordinato il dottore. Non c'è prova evidente che SCORPION STARE sia attivo, ma le mie mani sono ancora umide e ho il cuore in gola mentre mi rendo conto di quanto sono stato vicino a camminargli davanti. Ma le telecamere quanto possono essere piccole, comunque? Continuo a vederne di sempre più piccole…

– Meglio che ci muoviamo in fretta – commenta lei.

– Perché?

– Perché gli hai detto che stiamo arrivando.

– Ah, okay.

Saliamo le scale di volata, fermandoci prima del successivo pianerottolo per controllare altre cimici di basilisco. Josephine ne scova una, e così faccio io. Le marco con la pittura della latta quasi vuota, poi lei fa saltare le lenti da dietro e dal basso, cercando di non respirarne i fumi prima di oltrepassarli. C'è anche un parquet innaturalmente cigolante, tanto per ridere, tuttavia ce la facciamo ad arrivare al pianerottolo del piano terreno vivi, e ho solo il tempo di rendermi conto di quanto siamo orribilmente fottuti quando le luci si accendono improvvisamente e i guardiani notturni escono da entrambi i lati.

– Ah, Bob! Per una volta hai deciso di visitare l'ufficio?

È Harriet, con un'aria folle in un completo nero a strisce. Stringe convulsamente un bicchiere di quello che sembra vino bianco frizzante.

– Dove accidenti sono tutti gli altri? – domando guardandomi attorno.

A quest'ora del giorno il luogo dovrebbe essere affollato di dipendenti, ma tutto quello che vedo è Harriet... e tre o quattro guardiani notturni chini in silenzio nei loro completi grigi ministeriali e le espressioni bovine, vermi luminosi di luce brillanti negli occhi.

– Credo proprio che abbiamo attivato l'esercitazione antincendio mensile qualche ora prima del previsto – ammicca Harriet. – Poi abbiamo bloccato le porte. È piuttosto semplice, vedi.

Fred della Contabilità barcolla di traverso e mi osserva al di sopra della spalla di lei. È morto da mesi: normalmente direi che questo sia stato, per un certo verso, un miglioramento, ma ora sta sbavando come se l'ora del tè fosse passata e io facessi parte del menù della mensa.

– Chi è *quello*? – chiede Josephine.

– Chi? Oh, uno di loro è un barcollante zombi burocrate e quell'altro lavorava alla contabilità prima di avere un incidente con un incantesimo.

Mostro i denti a Harriet. – Va bene, ma adesso il gioco è finito.

– Non credo proprio. – La donna si limita a starsene lì in piedi, con aria arrogante e leggermente trionfante dietro alla sua guardia del corpo di zombie. – Le carte sono passate di mano, e la situazione è ribaltata. Sei in ritardo e senza un lavoro, Bob: l'Unità Anti Possessione è stata liquidata. Quel vecchio fossile di Angleton non sarà più necessario, una volta che uniremo i benefici della sorveglianza panoticca alla tecnologia dello sguardo-che-uccide introducendola su base dipartimentale. In effetti, sei appena in tempo per liberare la tua scrivania. – Sogghigna orribilmente. – Stupido ragazzino, sono sicura che possono trovare un uso per te nel sottoscala.

– Hai parlato con il nostro amico McLuhan, vero? – chiedo disperatamente, cercando di continuare a farla parlare – vorrei *davvero* evitare che i guardiani notturni mi portino via. È al piano superiore?

– Se è così, probabilmente ti interesserà sapere che intendo arrestarlo. Dodici accuse di omicidio e tentato omicidio, in caso te lo stessi domandando.

Mi guardo intorno, ma riesco a resistere all'impulso di voltarmi, quando sento la voce di Josephine che è fragile ma controllata. – Sono della polizia.

– Giurisdizione sbagliata, cara – dice Harriet in tono consolatorio. – E credo proprio che il nostro teppistello idiota, qui, ti abbia dato il messaggio sbagliato. Non succederà mai. – Schiocca le dita. – Prendete la donna, trattenete l'uomo.

– Fermi! – intimo.

Gli zombie avanzano, barcollando a scatti, e poi l'inferno esplode a circa venti centimetri dal mio orecchio destro. Gli zombie sono eccellenti guardiani notturni e ci vuole parecchio per atterrarne uno, ma non sono a prova di pallottole, e Josephine scarica il suo caricatore due giri alla volta.

Io sono abbagliato dal lampo e la mia testa si sente come se qualcuno stesse percuotendomi l'orecchio con una pala – pezzetti di carne e di indicibile roba squartata vola in giro, ma poco sangue prezioso, e loro continuano ad avanzare.

– Se la *volete* finire – Harriet sibila, e schiocca le dita in direzione di Josephine: gli zombie fanno pausa per un momento poi si raccolgono, mentre la loro padrona indietreggia verso la scala che conduce al primo piano.

– Svelta, giù per quel corridoio! – Ansimo, indicando alla mia sinistra.

– Il... cosa?

– Svelta!

Mi lancio in avanti nel corridoio, tirando per il braccio Josephine finché non la sento correre con me. Estraggo il mio documento d'autorizzazione e grido: – *Apriti sesamo!* – Davanti a me e le porte si aprono sbattendo ai due lati, inclusi i ripostigli delle scope e gli sportelli di accesso alle condutture. – Qui dentro! – mi tuffo da un lato e Josephine si unisce dietro di me, poi tiro violentemente la porta. – *Chiuditi, accidenti, fottuta porta, chiuditi sesamo!* ed essa sbatte richiudendosi, lasciando i segni di polpastrelli ossuti all'esterno.

– Hai un fiammifero? – chiedo.

– Naaa, non fumo. Però ho una torcia...

Il rumore si sta facendo più forte. – Non voglio metterti fretta, sai, ma... – ed ecco che c'è la luce.

Siamo in fondo a uno stretto pozzo d'ascensore, con cavi che scompaiono sopra di noi nell'oscurità. Josephine è quasi frenetica.

– Non sono crollati! Gli ho sparato e *non sono crollati*!

– Non stare a pensarci troppo sopra, sono guidati a distanza. – Forse ora non è il momento di dare spiegazioni sui sei punti di convocazione, l'esercizio Vohlmann, e le minuzie legate al resuscitare e vincolare i morti: stanno bussando alla porta e vogliono entrare. Ma guarda, ecco qualcosa di persino *più* interessante. – Ehi, vedo un cablaggio di categoria 5. Mi passi la torcia?

– Non è il momento di fare il fenomeno dei computer con me, razza di fanatico.

– Fallo e basta, accidenti, ti spiegherò dopo, okay? – Harriet mi ha irritato davvero; è stata una giornata lunga e secoli fa mi sono detto che se avessi mai sentito da lei un'altra fottuta lezione sulla gestione del tempo d'ufficio sarei diventato matto.

Bingo! C'è un cavo categoria 5, e un altro cavo ancora più interessante che gli corre a fianco che sembra un DS-3.

Estraggo il mio multiuso e comincio a lavorare sulla scatola di connessione. Quando finalmente sono riuscito a mettere a nudo i fili, il rumore raschiante contro la porta si è fatto insistente, ma me ne frego. Chi fu a dire: *Quando pensano che tu sia un tecnico, vai giù duro?*

Afferro una manciata di cavi di rete e strattono con forza. Poi ne afferro un'altra manciata. Poi, avendo disconnessa la linea del canale principale –

missione compiuta – mi prendo un momento per pensare.

– Bob, hai un piano?

– Ci sto pensando.

– Allora pensa più in fretta, stanno per passare la porta…

È a questo punto che mi ricordo del mio cellulare e decido di fare un ultimo disperato tentativo. Digito la derivazione dell'ufficio di Bridget… E Angleton risponde dopo due squilli. Bastardo!

– Ah, Bob! – Suona decisamente come un vecchio zio. – Dove sei? Sei riuscito a bloccare la rete?

Non ho il tempo di correggerlo. Inoltre Josephine sta ricaricando il suo cannone e penso che stia per tentare qualcosa di *veramente* orribile se non trovo una soluzione immediatamente.

– Capo, attiva *immediatamente* lo SCORPION STARE di McLuhan e carica il firmware su tutte le telecamere sensibili al movimento collocate al pian terreno dell'ala est.

– Cosa? Non sono sicuro di averti sentito bene.

Faccio un respiro profondo. – Lei ha alterato i guardiani notturni, e chiunque altro è fuori dall'edificio. Fallo *ora* o tra poco passerò a una dieta di cervelli freschi.

– Se lo dici tu – concorda, con i modi dello zio indulgente che si rivolge a uno scolaro teppistello, poi riappende.

Sentiamo il fragore acuto di qualcosa che va in frantumi mentre una mano si conficca attraverso la porta proprio dietro di noi, incastrandosi nel muro opposto.

– Oh merda! – Ho il tempo di imprecare, mentre la mano si ritira. Poi, più o meno simultaneamente, c'è un lampo di luce a circa mezzo metro, all'esterno della porta, un'esplosione sfrigolante e un'ondata di calore. Ci acquattiamo dietro il ripostiglio, terrorizzati dal fuoco, finché, dopo quella che sembra un'eternità, si attiva l'impianto antincendio.

– È sicuro? – chiede lei, o almeno credo che sia quello che chiede, le orecchie mi stanno ancora squillando.

– C'è un modo per verificarlo.

Prendo il rivestimento rotto della scatola di connessione e la lancio attraverso il buco nella porta. Quando non esplode, apro cautamente la porta. Lo squillo si fa più forte; è il mio telefono. Lo estraggo faticosamente dalla tasca e mi piego su di esso per tenerlo all'asciutto, appoggiandomi alla parete del corridoio per stare quanto più possibile lontano dai cadaveri anneriti degli zombie.

– Chi è?

– Il tuo superiore. – Questa volta sembra semplicemente divertito. – Ragazzi, siete proprio due poveracci bagnati. Venite su a Mahogany Row ad asciugarvi, entrambi; il direttore ha un bagno personale, penso che ve lo siate meritato.

– Uhm, e cosa mi dici di Harriet? Bridget? McLuhan?

– Tutto risolto. – Dice in tono compiaciuto, e io rabbrividisco convulsamente mentre l'acqua allunga i suoi gelidi tentacoli giù per la mia spina dorsale e solletica le mie palle come un'amante annegata.

– Okay. Saliamo subito.

Guardo indietro verso il ripostiglio devastato e vedo Josephine che mi sorride come un terrorizzato ratto selvatico, tutta denti aguzzi, ferocia e scintillante calibro 38 automatica.

– Ora siamo in salvo – dico, nel tono più rassicurante possibile. – Penso che abbiamo vinto…

Il tragitto verso la tana di Angleton ci fa salire e camminare parecchio. Lui normalmente lavora in un seminterrato nella zona residenziale di Londra occupata dalla Lavanderia, ma questa volta si è messo al sicuro nell'ufficio direzionale dell'abbandonato piano attico dell'ala nord.

L'ala nord è ancora asciutta. Lassù la gente è ancora al lavoro, ignara degli zombie carbonizzati che giacciono nella bruciata, fumante, taumaturgicamente satura ala lì accanto. Cogliamo un paio di occhiate incuriosite... io, fradicio e malconcio nella mia tenuta da lavoro sul campo, l'ispettore Sullivan nei relitti di un costoso tailleur grigio, con una pistola sovramisura stretta in una presa mortale al suo fianco. Ma, saggiamente o meno, nessuno mi chiede di aggiustare la rete o vuole sapere perché stiamo lasciando tracce di acqua melmosa attraverso il dipartimento delle Risorse Umane.

Quando raggiungiamo lo spesso tappeto e la polverosa quiete dell'ufficio del direttore, gli occhi di Josephine sono spalancati ma ha smesso di tremare.

– Hai molte domande in serbo – riesco a dirle, – cerca di tenerle per dopo. Ti dirò tutto quello che so e per cui sei autorizzata appena avrò avuto il tempo di telefonare alla mia fidanzata.

– Ho un marito e un figlio di nove anni, ci hai pensato prima di trascinarmi in questo folle incubo? Scusa. So che non *intendevi* farlo. È solo che sparare a degli zombie e essere sotto il tiro di basilischi mi disturba un po' i nervi.

– Lo so. Cerca solo di non sventolarli di fronte a Angleton, okay?

– Ma chi *è* Angleton, insomma? Chi si crede di essere?

Mi fermo davanti alla porta dell'ufficio. – Se lo sapessi, non sono sicuro che sarei autorizzato a dirtelo.

Busso tre volte.

– Avanti. – Andy apre la porta per noi. Angleton è seduto sulla poltrona del direttore, giocando con qualcosa nel mezzo della vasta estensione della scrivania di quercia che sembra datare agli anni '30. C'è una mappa sul muro dietro a lui, e un quarto di quanto vi è raffigurato è rosa. – Ah, signor Howard, ispettore investigativo Sullivan. Molto gentili a venire.

Sbircio da vicino ciò con cui gioca. *Clak Clak Clak.* – Un pendolo di Newton, anni '70?

– Puoi dirlo. – Fa un sorriso sottile. Le sfere che rimbalzano avanti e indietro tra i braccetti del giocattolo dirigenziale non sono cromate, piuttosto sembrano essere intessute: marrone chiaro su un lato, scuro o biondo e peloso sull'altro. E irregolari, fastidiosamente irregolari…

Prendo un profondo respiro. – Harriet ci stava aspettando. Ha affermato che eravamo in ritardo e che l'Unità Anti Possessione era in via di scioglimento.

Clack. Clack.

– Sì, è il genere di cosa che direbbe, vero?

Clack. Clack. Clack. Clack. Alla fine non ne posso più. – Allora?

– Un tipo che conoscevo, si chiamava Ulyanov, una volta disse qualcosa di piuttosto profondo. –

Angleton sembra il gatto che ha appena finito di mangiare il canarino. E le zampe gli spuntano a lato della bocca; lui *desidera* che io lo sappia, di qualsiasi cosa si tratti. – "Lascia che i tuoi nemici ti diano abbastanza corda per impiccarceli."

– Uhm, non fu Lenin a dirlo? – chiedo.

Un guizzo di blanda irritazione gli attraversa il viso. – Fu prima che prendesse quel nome. – Risponde quietamente. *Clack. Clack. Clack.* Quando fa rimbalzare le palline per l'ennesima volta improvvisamente capisco cosa sono e mi viene la nausea.

No, Bridget e Harriet – e il predecessore di Bridget, senza dimenticare il misterioso signor McLuhan – non mi infastidiranno più. (Eccetto che nei miei incubi su questo ufficio, visioni della mia testa rimpicciolita appesa in uno dei giocattoli del direttore esecutivo, il teschio destinato a risuonare per l'eternità in un urlo che nessuno può più udire…)

– Bridget ha progettato a lungo di prendere il controllo della sala del consiglio. Probabilmente da prima che tu ti unissi alla Lavanderia, o fossi precettato. – Dedica a Josephine un lungo sguardo di valutazione. – Lei ha corrotto Harriet, comprato McLuhan, installato delle maledizioni su Voss. Compagni nel crimine, con l'intenzione di farmi figurare incompetente, e una possibile falla nella sicurezza, di fronte al Consiglio dei Sindaci, suppongo... è così che di solito si progetta la cosa.

«Io ho capito cosa stava accadendo, ma avevo bisogno di prove certe. Voi me le avete fornite. Sfortunatamente, Bridget non era molto equilibrata; quando ha capito che sapevo, ha ordinato a Voss di togliere di mezzo i testimoni, poi ha convocato McLuhan e ha continuato col suo colpo di stato formato ufficio.

«Altrettanto sfortunatamente per lei, ha sbagliato nello stabilire correttamente chi fosse il mio responsabile gerarchico, prima di tentare di passare sulla mia testa per eliminarmi. – A questo punto picchietta sul cartello appoggiato davanti alla scrivania: "Segretario Privato". Detentore dei segreti. I segreti di chi?

– Matrix Management – dico, quando finalmente mi si accende una lampadina sulla testa. – La Lavanderia si occupa della gestione di tutto il personale. Lei ti ha visto indicato sul documento organizzativo dell'organico come capo dell'Unità Anti Possessione, non come segretario privato di... – *Così, ecco perché ha libero accesso all'ufficio del direttore!*

Josephine è scioccata. – E voi questo lo chiamate un dipartimento governativo?

– Cose peggiori capitano ogni giorno dell'anno in Parlamento, mia cara.

Adesso che la minaccia immediata è superata, Angleton è ammirevolmente imperturbabile; ora come ora dubito che la trasformerebbe in un rospo, anche se lei cominciasse a strillargli contro. – Inoltre, sei consapevole della massima che il potere corrompe e il potere assoluto corrompe assolutamente?

«Qui abbiamo a che fare ogni giorno della settimana con potere sufficiente a distruggerti la mente. Peggio ancora, noi *non possiamo* sottometterci alle opinioni del pubblico. È decisamente troppo pericoloso, sarebbe come dare un'arma atomica a un bambino di tre anni.

«Chiedi a Robert di dirti che cosa ha fatto per attirare la nostra attenzione, più tardi, se ti va.

Sto ancora gocciolando e sono ancora gelato, ma riesco a sentire le mie orecchie arrossarsi.

Si concentra di nuovo su di lei. – Possiamo rinforzare le maledizioni e lasciarti andare – aggiunge quietamente. – Ma io credo che tu possa fare un lavoro molto più importante qui. La scelta è tua.

Sbuffo tra me e me e Josephine mi dà un'occhiata, gli occhi ristretti e cinici. – Se questo è quello che nel vostro dipartimento chiamate un'investigazione sul campo, voi *avete bisogno* di me."

– Sì, bene, non è necessario che prenda le sue decisioni immediatamente. Incarico esterno, e via di seguito. Per quanto ti riguarda, Bob – dice, con una forte enfasi sul mio nome, – hai dato di nuovo una prova soddisfacente. Ora andate e fatevi un bagno prima di far marcire il tappeto.

– Il bagno è la seconda porta in anticamera, sulla sinistra – aggiunge Andy premurosamente dalla sua postazione contro il muro, vicino alla porta: ora come ora non ci sono dubbi su chi sia in carica qui.

– Ma che succede adesso? – chiedo, sconcertato e un poco scioccato e già combattendo gli sbadigli che arrivano quando la gente smette di cercare di uccidermi. – Intendo dire, cos'è *accaduto* veramente?

Angleton sogghigna come un teschio: – Bridget ha perduto il suo dipartimento, così i direttori mi hanno chiesto di assegnare a Andrew l'incarico di facente funzioni di responsabile, almeno per ora. Boris ha mancato nel dare la giusta attenzione a McLuhan e adesso è... ehm... temporaneamente indisposto.

«E per quanto ti riguarda, Bob, un lavoro ben eseguito merita il suo premio naturale: un altro lavoro. Il sogghigno si allarga. – Per usare una frase fatta, attento a non scaldarti troppo...

FINE

GLI ESILIATI DI RAGNAROK
Romanzo -160 pagine, Euro 10,00

10. Catherine Asaro
UN PONTE SULL'ABISSO
Romanzo - 128 pagine, Euro 9,00

11. Frederik Pohl
IL SEGRETO DEI DONOVAN
Romanzo - 128 pagine, Euro 9,00

12. Robert J. Sawyer
FURTO D'IDENTITÀ
Romanzo - 128 pagine, Euro 9,00
Finalista al Premio Hugo 2006

13. Ruth Nestvold
IL LINGUAGGIO SEGRETO
Romanzo - 128 pagine, Euro 9,00
Finalista ai premi Sturgeon e Tiptree

14. Frederik Pohl
L'INSIDIA DEL GLOTCH
Romanzo - 160 pagine, Euro 10,00

15. Tom Godwin
I REIETTI DELLO SPAZIO
Il seguito del classico «Gli esiliati di Ragnarok»
Romanzo - 228 pagine, Euro 12,00

16. Kage Baker
BENVENUTO NELL'OLIMPO, SIGNOR HEARST
Romanzo - 128 pagine, Euro 9,00

17. Charles Stross
GIUNGLA DI CEMENTO
Romanzo - Premio Hugo 2005 - 128 pagine, Euro 9,00

«Odissea» Fantascienza - volume n. 17
Finito di stampare nel mese di maggio 2007
per conto della Delos Books, Milano,
dalla tipografia Stampa Editoriale Srl - Avellino.
Printed in Italy